分家後財源滾滾 下

風 文創 1084

圓小辰 著

目錄

風文創 1084

第二十六章

唐書瑤母女二人在屋子裡說了一會兒貼己話，馬氏不放心那幾個下人在大堂，便率先出去。

而後唐書瑤也走出屋子，一眼就見到唐文博迷迷糊糊的模樣，她朝他走過去笑道：「怎麼？睡了這麼久還沒醒？早飯都沒吃，你餓不餓啊？」

唐文博打了一個哈欠，口齒含糊地答道：「我還沒醒呢！」使勁揉了揉眼睛後，他總算有點精神，說道：「姊，我不餓，就是還沒睡醒。」

唐書瑤走過去，輕輕地捏了捏唐文博的臉。「馬上就到吃午飯的時間，你還沒睡醒？是不是最近太累？」

「沒有，我不累，真的。」唐文博連連否認。

唐書瑤知道家裡鋪子很忙，唐文博跟著他們在鋪子裡幫忙，每日早早地起來，晚上也要忙到很晚才睡，雖然他只是在大堂招呼客人，偶爾上個菜，但他才這歲數，也是挺累人的。

唐書瑤看著唐文博說道：「姊姊買了三個下人，以後他們在鋪子裡幫忙，等到明年開春，你就去學堂好好唸書。」

「我也要去學堂？」唐文博疑惑道。

唐書瑤認真地點點頭。讓大哥去唸書，自然是因為大哥喜歡唸書，加上大哥年齡不小了，家裡賺了一點錢，只能讓大哥先去，現在生意穩定，賺的錢越來越多，小弟自然也能去學堂。

唐書瑤解釋道：「讀書可是好事，你明年就七歲，現在也懂事了，還跟大哥學會識一些字，這個年齡可是唸書的最好年紀，自然是要去學堂的。只是現在已經深秋，很快就到冬天，學堂這個時間也不收人，所以你只能明年開春再去。」

唐文博無奈地嘆氣道：「姊，妳是認真的嗎？我真的要去？」說著他眉頭皺在一起，越想越是犯愁，平常跟大哥學認字已經很痛苦了，還要到學堂裡受折磨，他真的一點都不想要啊！

唐書瑤瞇了瞇眼，眼神不善地盯著唐文博，挑眉道：「怎麼？你還有什麼意見不成？」

唐文博意識到姊姊的臉色變了，猛地搖搖頭，討好地笑道：「哪有哪有。」

看著唐文博這般會看臉色，唐書瑤這才滿意起來，說道：「我知道你不喜歡唸書，可是能去唸書，對於咱們村子裡的其他人來說，已經是一件天大的幸事，所以唐文博，你要惜福知道嗎？」

唐文博癟嘴，然後狠狠地點頭。

唐書瑤笑道：「不是姊姊逼你去學堂，是姊姊希望你長大後不要後悔，你現在還不清楚唸書意味著什麼，等你再長大一些你就明白了。這樣吧，我換一種說法你就明白了，大伯因為識字，可以在鎮上找到帳房的活計，而二伯因為不識字，只能在家裡種地，我這樣說你能理解嗎？」

「可是，咱爹也在鎮上開鋪子啊？」唐文博疑惑道。

唐書瑤被這話堵得啞口無言，雖然她能理解唐文博的心思，可是唸書總歸是多一個選擇，畢竟這裡的人講究萬般皆下品，唯有讀書高。

唐書瑤跟唐文博解釋了一下，考上秀才之後會有的待遇，又解釋了考上童生也可以養活自己，可以教人識字賺錢，最後總算讓他明白，讀書好是一件多麼幸福的事。

唐禮義從外面回來，一進大堂就看到有三個陌生人，看著馬氏問道：「怎麼回事？

咱家今日不是休息嗎？有客人來了妳怎麼不招待？」
「你一下子問這麼多問題，想讓我回答哪個？」
「他們是怎麼回事？」
此時唐書瑤和唐文博從後院走進大堂，唐書瑤聽到爹爹的話，走上前解釋道：
「爹，這是我從縣裡買的下人，昨日不是說娘親腰疼嗎？我尋思咱家每日忙活挺累的，您看小弟他也累得今日睡到這麼晚，所以我就買下人在鋪子裡做活，這樣咱們一家人也能輕鬆些。」
「下人？」唐禮義驚訝道，實在沒想到有朝一日他也能有下人伺候。
唐書瑤點點頭，叫他們幾個過來，讓他們認認人，興隆與興旺齊聲說道：「主人好。」
唐禮義被這聲主人叫得渾身有些不自在，大半輩子都在村裡，突然有一日家裡買了下人，心裡感覺怪怪的。
唐書瑤看出爹爹不自在，扭頭看著他們說道：「以後你們喚我爹娘為東家就好，不用叫主人。」
興隆與興旺齊聲回道：「是，東家小姐。」

半晌，唐禮義才回過神來，一想到自己這是又有地、又有鋪子，還有下人，那自己跟地主老爺也差不多了，就是地少了些，想到這裡唐禮義美滋滋地笑起來。

馬氏看著唐禮義臉上的笑容，就知道孩子他爹在想什麼美事，她走過來使勁掐了一下唐禮義的胳膊。

「嗷～～」唐禮義大叫道：「妳幹麼？使勁擰我做什麼！」

「我幹麼？我看你在作什麼美夢呢？」馬氏沒好氣地說道，當著下人的面，也不知道收斂一下自己的情緒，一點威嚴也沒有，她無奈地嘆口氣。

唐禮義本想反駁來著，餘光瞅著自家閨女盯著自己，只好放棄這個想法，轉移話題說道：「桌子的事已經跟那幾家木匠商量好了，銅鍋下午我去縣城買，到時候接文昊一起回來，這幾日先住在鋪子裡。」

「不回家嗎？」馬氏問道。

唐禮義擺擺手。「不回去了，家裡也沒什麼，咱們今日還得繼續收拾，這些損壞的桌子還得搬到後院，這些弄完也得天黑了，就在這裡再住一晚！」

馬氏想想也是，昨日只是簡單收拾了一下，將那些桌子堆在一起，今日上午孩子他爹和閨女都出去了，自己又跟上門詢問的人解釋情況，現在確實需要收拾，而且孩子他爹下午還要出去，也不知道今日能不能收拾完。

接著瞅到興隆與興旺的時候，馬氏這才反應過來，都有下人做活了，肯定能完事，不過孩子他爹已經說了今日在這裡歇息，她也不好再開口說什麼。

眼看著就要到午飯的時間，唐書瑤向興隆問道：「會做飯嗎？」

興隆趕緊應道：「回東家小姐的話，自然會的，現在可是要做飯？」

唐書瑤點點頭，興隆夫妻二人向廚房走去，馬氏看著他們過去做飯，心裡默默感慨道有了下人就是不一樣，不用自己做飯，想要什麼吩咐一聲就可以，不由得臉上露出笑意。

姊姊不做午飯，唐文博有些失望，他很喜歡吃姊姊做的飯，畢竟姊姊的手藝好，不過他看著爹娘臉上的笑容，沒有提出這個要求。

就在這時，老爺子和唐禮仁走進鋪子。

「爺爺，二伯。」唐書瑤率先喊道。

唐禮義和馬氏聽到女兒的聲音，也回過頭來，沒想到老爺子竟然來了。

唐禮義快走兩步問道：「爹，家裡可是有什麼事，您怎麼過來了？」

老爺子一進來就開始打量整個鋪子，昨晚聽說小兒子鋪子出事，他這一晚上沒睡好，老太婆也在旁邊一直念叨著這事，他就想著過來看看。

不過老婆子腿腳不好，走這麼遠的路不方便，大早上起來就催促自己趕緊過來，沒想到剛出門就碰上老二，就一道過來了。如今打量這個鋪子，雖然不知當時發生的情況有多危險，但見著堆在一側那些破損的桌子，多少能猜到一些。

老爺子掃視一圈後，抬手就捶了唐禮義一拳。

「爹？」唐禮義不解道。

「你說說你，出事也不知道跟家裡說一聲，你眼裡還有沒有我這個爹？」老爺子吼道。

老爺子突然揍唐禮義，其他人都愣住了，待反應過來，唐禮義這才知道爹是指鋪子鬧事那件事。

唐禮義問道：「家裡都知道了？」

「你現在才知道問？你娘聽說這事急得嘴角起了個疱，我擔心你娘她腿不行，不敢讓她過來，你說說你怎麼不讓人捎個信過來？」老爺子質問道。

陪著老爺子過來的唐禮仁，跟著責備道：「禮義，你們怎麼也不往村裡捎個信？昨日去你家的時候，只有文昊在家，問他，他也說不知道怎麼回事。」

唐禮義臉上有些尷尬，他能說他根本沒想起來要跟家裡說嗎？只是看著爹和二哥的臉色，他只能將這個想法按在心裡。

唐禮義解釋道：「爹，二哥，我昨日也是嚇一跳，沒想到他們一幫人突然就在大堂打起來了，當時吃飯的人都跑了，我這著急上火的……」

「都跑了？」老爺子急道。

唐禮義看著爹和二哥著急，趕緊將事情解釋了一遍。

老爺子聽完，心下也鬆了一口氣，繼續指責道：「那你怎麼不往家裡傳個口信？」

「這……」唐禮義啞口無言，一時不知道該說什麼！

老爺子心下有些失望，沒想到孩子出了事，也不跟家裡知會一聲，但想想小兒子過往也是散漫慣了的，乾脆叮囑道：「下次記得有事跟家裡說一聲，免得我和你娘擔心你們。」

「是是。」唐禮義趕緊點頭應道。

老爺子看著他答應，也不好繼續指責，說道：「知道你們沒事就行了，我這就回去。」

「爹，您這麼著急是做什麼，來兒子這裡怎麼著也得吃一頓飯啊。」唐禮義趕緊阻攔道。

唐書瑤走到爺爺面前跟著勸說。「爺爺，您和二伯就留在這裡吃一頓飯再回去吧，飯已經開始做了，再著急也不差一頓飯的時間，再說爺爺您也沒什麼著急事啊。」

「可不就是，爹您就在這兒吃一頓，二哥你也是，都留在這兒吃完再說。」馬氏也跟著勸道。

最後，老爺子和唐禮仁都留在鋪子裡吃了一頓飯，看著唐禮義連下人都買上了，心裡頭再一次感嘆，果然還是做生意賺錢！

興隆的廚藝一般，不過老爺子他們倒是覺得不錯，可能是因為吃肉的關係吧。

下午老爺子和二伯走後，唐禮義駕著馬車去了縣城，接了唐文昊一起回了鋪子。

唐文昊這才知道小妹上午說的事情是什麼，面對小妹為自己找來的書僮，唐文昊心裡說不出的感動，更加堅定以後要好好對小妹。

唐文昊給書僮取名為洗硯。

是夜，唐書瑤他們一家人都已熟睡。

此時對面的那家院子外面，一群黑衣人從四面急速而來，瞬間就包圍了整個小院。

那些黑衣人看著最前面的老大，見他一揮手，這些人便朝院子裡衝去。

「啁——」將軍一聲叫喚，景奕宸瞬間睜眼，拿起床邊的劍，起身走到窗邊藉著月色看到院子裡闖進了一群黑衣人，侍衛聽到動靜已經跟他們打起來。

景奕宸趕緊穿好衣服下樓，還沒走到樓下，就見到王公公衣服都沒穿好就衝過來著急道：「殿下，您不能出去啊，您快躲起來！」

景奕宸看了一眼王公公的臉，認真道：「今夜他們在此埋伏，必是人手眾多，本宮現在逃出去，外面也是有人守著，本宮自當和他們共同應敵才有一線生機。」

景奕宸讓王公公躲好，自己向外衝去，那些黑衣人看到景奕宸出來，全部集中人力向他衝去，侍衛們頓時感受到壓力。

躺在床上的唐書瑤翻了一個身，就聽到一些奇奇怪怪的動靜，這聲音斷斷續續，也讓她的睏意漸漸消散。

唐書瑤無奈地嘆了一口氣，坐起身仔細聽了聽，突然睜大眼睛，趕緊下地打開窗戶仔細辨認，確認自己沒有聽錯，這是很多人在使劍的聲音，而且是從對面那個院子傳過來的。

唐書瑤蹙著眉頭，早就猜到對面的人身分不一般，沒想到竟會惹來旁人追殺，自家院子離他們這麼近，若是無辜被牽連可怎麼辦？今夜爹娘、大哥、小弟都在鋪子裡，她有些糾結自己到底應不應該將爹娘叫醒。

倘若叫醒他們，再有人闖進來，她肯定會跟他們動手，到時候他們就會見到自己會武功，肯定會懷疑，若是不叫醒他們，那些人真的闖到這裡，到時候爹娘他們豈不是失去了逃跑的機會？

唐書瑤一邊在內心無比糾結，一邊快速地穿好自己的衣服，腦海中想著爹娘他們平日的模樣，她緊緊地攥住拳頭。

嘆了一口氣。罷了，被懷疑就被懷疑，總比發生讓自己會後悔一輩子的事要強。若是今夜自己沒有告訴他們，導致他們沒有機會逃跑，她自己都不會原諒自己。

第二十七章

唐書瑤將家人一個個喚醒，此時唐禮義、馬氏他們都穿好衣服，手上拿著菜刀躲在一起，而她準備出去看看。

馬氏神情緊繃，見女兒想往外走，趕緊上前拽著女兒的胳膊。「妳這是去做什麼？外面這麼亂，聽話老實待著！」

唐書瑤聽著聲音離他們越來越近，估計他們可能是誤闖到自家的院子了，若是自己再不出去，他們可能就要闖進屋子，沒時間解釋，她對著爹娘說道：「你們躲在這裡，我會平安回來的。」

說完唐書瑤沒再管娘親的喊聲，向外衝去，此時院子裡已經躺了幾個人，見有人從屋裡出來，黑衣人也衝唐書瑤砍去。

此時景奕宸胳膊被刺傷了一劍，抬頭看到對面那個女孩衝出來，景奕宸皺了一下眉頭，想到自己會連累無辜百姓，對於今夜的刺客更是厭惡。

景奕宸衝到唐書瑤身邊，一邊朝著刺客揮劍，一邊跟她說道：「快回去躲起來！」

唐書瑤聽著耳邊傳來清冷的聲音，知道對方是好意提醒自己，心裡對於對方的怨氣也減少了一些，本來這場災難就是對方引來的，現在看到對方即便是身處險境，也會提醒無辜的人趕緊躲起來，還跑到自己旁邊幫忙，她心裡好受了一些。

唐書瑤專心跟黑衣人對打，嘴上還不忘回道：「只要他們不過去，我爹娘他們就沒事！」

景奕宸有些驚訝女孩的身手。明明對方是商戶的女兒，怎麼會有這麼好的功夫？但此時不是糾結這個的時候。

人群中的修末殺光了周圍的黑衣人，驅趕著馬向殿下的方向跑去，景奕宸飛身上馬，一把拉住唐書瑤的胳膊將她拽到馬上，駕著馬向城外跑去。

唐書瑤急道：「你做什麼拉上我？」

「我不拉妳上來，難道丟妳在那裡被他們圍殺？」

「你拉我上來，我爹娘怎麼辦？」唐書瑤想要推開對方下馬。

景奕宸一手攬著她的腰，一手拉著馬繩，冷清道：「他們想要殺的是我，我跑出來，他們也會跟過來，不會跑到你們屋子胡亂殺人，還有修末他們留在那裡攔著他們，不要擔心！」

唐書瑤聽著對方的解釋，知道黑衣人不會衝進自家的院子，不過還是很擔心爹娘他們，向後望去的時候，果然看到那些黑衣人都向他們跑來，而那些侍衛也跟著追來阻攔那些黑衣人，知道對方的猜測是對的，這才放下心來。

景陽鎮是一個小鎮，並沒有城牆，因此景奕宸和唐書瑤很快就出了鎮。

唐書瑤問道：「我們要去哪裡？」

景奕宸回頭看了一眼後面的黑衣人，雖然現在已經甩開他們，但是難保不會被他們追上。「自然是越遠越好！」

唐書瑤知道此時自己的想法有些不合時宜，但是心裡不禁默默地吐槽：我也知道越遠越好，可是總得有個方向吧？

景奕宸一路騎馬一直到樹林裡，看後面沒有人，這才停下。

「不走了？」唐書瑤回頭問道。

月光打在唐書瑤的臉上，景奕宸看著近在咫尺的臉微微出神。回過神來的景奕宸翻身下馬，向唐書瑤伸出右手示意對方下來。

雖然唐書瑤並不需要幫忙，可她深深地看了他一眼，鬼使神差地將手放在他的手心上。

兩人在樹林裡，唐書瑤問道：「什麼時候可以回去？」

「等本……我的手下找到咱們的時候。」

唐書瑤欲言又止，轉念想到這裡實在太遠，再加上是在樹林裡，她也記不清回去的路，只好按捺住自己想要單獨離開的心。

一時間有些寂靜，夜晚的風有些涼，唐書瑤望著天空的星星，說道：「喂，我們說說話吧，要不然也太冷了！」說著，她搓了搓手，此時已經是深秋了，這大晚上真的很冷，她想轉移一下注意力。

景奕宸瞥了對方一眼，將身上的斗篷解下來披在對方的身上。「說吧。」

唐書瑤剛剛還因為對方給自己披斗篷這麼紳士的動作感動到，結果對方木頭似的一開口，情緒瞬間消散。

「你的斗篷，謝了啊！」

唐書瑤沒什麼誠意的道謝，此時天空突然劃過一道流星，她激動地喊道：「流星！」隨即趕緊雙手合十，閉上眼睛許願。

唐書瑤祈願道：願爹娘身體健康，願大哥科舉高中，願小弟一生無憂！

剛睜開眼，就看到對方的臉湊過來，時間在這一刻彷彿靜止，不知是誰的心跳在快速跳動。仔細盯著他的臉，唐書瑤才發現原來對方這麼好看。

「許了什麼願？」景奕宸問道。

唐書瑤回過神來，向後退了一步，語氣硬邦邦地說道：「許願這種事當然不能說出來，還有，你湊這麼近幹麼？」

景奕宸直起身來，挪開視線。

本來想聽聽她許了什麼願，竟然還笑了起來，他看到對方嘴角淺淺的梨渦，不由得看入了神。

「之前妳想跟我說話，說吧，我在聽！」

這話跟命令似的，唐書瑤不由得翻了一個白眼。

她是想說說話打發一下時間，合著對方以為自己真想跟他聊天？

唐書瑤轉了轉眼珠，想到前世聽到的那些鬼故事，眼神變得不懷好意起來。

「從前有一個地方，每到月圓之夜……就會颳起奇怪的大風。」唐書瑤剛說完這句話，樹林裡就颳起一陣風來，吹得樹葉颯颯颯地響。

景奕宸強裝鎮定。一開始他以為對方是在說她之前的故事，沒想到竟然是鬼故事！世上沒有人知道，其實他最怕黑，也最怕鬼……

「什麼鬼啊，我剛說到颱風，還真就颱起來了！」唐書瑤無奈地吐槽道。

唐書瑤扭頭望向景奕宸的時候，就看著他眼神有些不自然，突然福至心靈，嘲笑道：「你該不會是害怕了吧？」

「胡說八道，本……我怎麼可能?!」

唐書瑤抿著唇笑起來，沒想到看著清冷的人，竟然也會害怕。雖然被笑了，可景奕宸餘光注意到對方的笑容時，嘴角卻不自覺地也向上翹起。

時間悄悄流逝，天也悄悄地亮了，一晚上兩人都在說話，不知不覺間關係親密了不少。

不知過了多久，有馬蹄聲傳來，唐書瑤和景奕宸神色變得嚴肅，待見到是他的手下，景奕宸說：「別慌，是我的手下。」

此時修榮他們連夜返回，跟修末他們會合後，按著殿下留下的暗號一路尋來，見到殿下，他們齊齊下跪。

景奕宸看了一眼唐書瑤，朝著修榮他們走去。「怎麼回事？你們怎麼回來了？」

修榮抬頭瞅了一眼那個姑娘，見殿下不為所動，似是沒有避開對方的意思，低頭回道：「啟稟殿下，屬下到雲陽城攔截的時候，發現那些人已經收到殿下的行蹤，擔心殿下有危險，屬下等連夜趕回來，回到小院就遇上修末他們和刺客打起來，幸好殿下沒事。」修榮恭敬地回道。

「王公公怎麼樣？」景奕宸問道。

「王公公他沒事，就是擔心殿下，來之前還想要跟著屬下一起尋找殿下，屬下怕耽擱時間太久，殿下會有什麼危險，勸王公公留在那裡等候殿下的消息。」修榮回道。

景奕宸微微點了一下頭，又衝著他們吩咐道：「現在回去，收拾東西出發。」

「是。」侍衛們齊聲應道。

景奕宸轉過身朝唐書瑤走去，說道：「我的手下來了，該回去了。」

唐書瑤點點頭，跟著對方上馬。

騎馬的時候，景奕宸輕聲道：「我要走了。」

唐書瑤回頭，說道：「我還不知道你的名字呢。」

景奕宸低頭望著她的眼睛，一字一字地說道：「景奕宸。」

「景奕宸。」唐書瑤喃喃，覺得這名字唸起來莫名順口，隨即回道：「唐書瑤，我的名字，何以舟之，維玉及瑤的瑤。」

一旁聽到殿下和那姑娘對話的修榮驚訝地看著他們，他沒想到主子竟會將自己的名諱告訴她。剛剛趕過來的時候，就注意到主子並沒有讓那個姑娘避開，如今居然連名諱都直接告訴對方了，修榮不禁對這個姑娘多看了兩眼。

一行人回到鎮上的時候，此時街上已經有人在路上行走，景奕宸停下馬，讓手下先回去，由他自己送唐書瑤回家。

景奕宸看著走在旁邊的唐書瑤，第一次注意到對方的時候，是因為她的笑臉。那是他第一次見到那種很真實的笑臉，沒有任何的偽裝，而且對方笑起來的時候，眼睛彎彎，像天上的月牙一般，很溫暖。

那時候他就在好奇，是什麼樣的事讓她如此開心？

之後嚐到她家的串串香，味道很獨特，又很美味，讓人很難忘。

這一次被刺客夜襲，沒想到又見到她英勇的另一面，短短幾日的時間，卻比他之前遇見的任何人都要特別，使他印象深刻。

不知不覺間，他們走到了鋪子門口，唐書瑤扭頭對著景奕宸說道：「希望你一切順利。」

「好。」

景奕宸一直望著對方走進屋子，這才轉身離開回到自己的小院。

唐書瑤剛剛踏進鋪子，馬氏衝過來抱著她哭泣，邊哭邊訓斥道：「妳這孩子究竟上哪兒去了？妳知不知道娘擔心得都要瘋了。」

說著馬氏忍下痛心，揮拳捶了唐書瑤幾下後背。

唐禮義他們也跟著圍過來，打量著唐書瑤，發現她身上沒受傷，這才稍稍放心。

唐書瑤也不知做何解釋，只得向娘親連連道歉。

看著一家人的擔心，唐書瑤心裡很是愧疚，可即便再給她一次選擇的機會，她相信自己還是會做出同樣的選擇。那些黑衣人一看就知道是經過訓練的，身上的血腥味濃厚，若是她不出去，他們也會闖進來。

他們鋪子的後院很小，走十來步就到屋子，當時他們已經打到院子裡，闖到屋子也是遲早的事情，若是他們闖進來，肯定不會放過他們一家人。

雖然唐書瑤可以跟他們打起來，但是她只有一個人，那些黑衣人那麼多，難保不會有顧不上家人的時候。

一旦出事，唐書瑤這輩子都不會原諒自己。

唐禮義和馬氏他們擔驚受怕了一夜，總算看到自己的女兒平安回來。

馬氏情緒有些激動，對女兒下手重了些，理智歸攏，便趕緊問道：「有沒有捶疼妳？」

唐書瑤笑道：「怎麼會。」

「妳還敢笑，唐書瑤，妳說說妳，當時為什麼那麼做？為什麼要跑出去？」馬氏質問道。

這一次真的是嚇壞了馬氏，她這輩子第一次經歷這樣的事情，她看著女兒不顧自己的阻攔，向外跑去，當時她的腦袋一片空白，只覺得人生灰暗，腦袋裡不停地迴響著「完了」兩個字。

後來她回過神來，想要向外衝去，孩子他爹卻死命地攔著自己，當時她已經失去理智，還咬傷了他的胳膊。待那些聲音沒了，她衝到院子裡看到一個人影都沒有，那時她整個人都崩潰了，心裡也怨恨著孩子他爹，為什麼要阻攔她？

這一夜，馬氏覺得時間格外的漫長，出去找過也不見人影，如今見著女兒平安回來，她這心，總算是不再難受了。

想到這裡馬氏仔細瞅著女兒，確定女兒沒有受傷這才放下心來。

「我昨晚就是想跑出去引開他們，若是他們進來，我們全家都得遭殃，最後被對面的那家人救走了，他們帶著我去了城外，我沒事，就是在外面站了一夜有些冷。」唐書瑤模糊地解釋道。

馬氏一聽女兒受涼，趕緊叫興隆去煮薑水給閨女祛祛寒。

第二十八章

景奕宸回到小院，原本地上躺著的那些屍體都已消失不見，侍衛們之前就已經將這裡收拾好，免得被百姓們發現，引起恐慌。

王公公從屋裡面出來，看到他激動得落淚說道：「殿下，幸好您沒事，不然老奴……」

景奕宸親自扶起王公公，說道：「我沒事，你不必擔心。」對於從小就陪在自己身邊的王公公，景奕宸內心對他還是敬重的。

此時侍衛們動作迅速地收拾他們的東西，王公公看著殿下沒事，也趕緊安排馬車等一切事宜。

景奕宸走到二樓，望著對面的院子，手搭在窗沿邊上。

將軍飛過來，站在景奕宸手旁邊，也望向對面的院子，王公公上樓就見到這副情景。

聽到聲音，景奕宸轉過身來，而王公公看見的卻是殿下和將軍齊齊轉過頭來，不禁抽了抽嘴角，隨即收斂神色恭敬地說道：「殿下，都已收拾好了，現在出發嗎？」

景奕宸回頭看了一眼對面的院子，便朝王公公走去。「出發。」

王公公跟著殿下的步伐，下樓走去，景奕宸一行人向南邊駛去。

唐書瑤走到後院，伸出手接住雪花，這是她來到這裡的第一場雪。轉眼過去一個月的時間，對門的景奕宸也離開了一個月。她本以為對方會追問自己的身手，或是派人查探，但他們家的日子卻十分平靜。

在這一個月裡，他們家的生意蒸蒸日上，尤其是這冬日，吃點辣的食物暖暖胃最是舒坦，他們的生意總是忙到很晚才關門，因此一家人乾脆都搬到鋪子裡住。

雖然生意很忙，不過有了興隆與興旺兩個人在，唐禮義和馬氏也輕省不少。手握興隆與興旺的賣身契，唐書瑤在觀察了十多日後，便將廚房的活計全權交給他們。

如今，唐禮義在大堂收錢，馬氏偶爾才在廚房幫忙，平時也會待在大堂。

唐文博走到後院看到姊姊，興奮道：「姊，堆雪人啊？」

「好啊。」唐書瑤一口應道。

這場雪下得很大，眨眼間地面上就有厚厚的一層，唐書瑤給唐文博戴上手套，這才堆起雪人，已經很久沒有見過雪了，末世的時候，那裡沒有四季變化，算起來，唐書瑤已有五年沒有見過下雪。

正堆著雪人的唐書瑤，猝不及防臉上就被拍了一個雪團。「唐文博！」

「哈哈哈哈哈……」

聽著唐文博放肆的笑聲，唐書瑤又無奈、又好笑。自從經歷過中秋那件事，儘管小弟看著恢復正常，不再害怕自己一個人在屋子裡，但卻沒能再像今日這般開懷大笑，這下子倒是激起了她的勝負慾。

臉上不動聲色，手上快速地攢住雪團，趁著唐文博大笑的時候，唐書瑤快速向他扔去。

「啊！」唐文博反應過來被打了，趕緊彎腰攢雪團朝姊姊扔去。

馬氏還在找這兩個孩子去哪兒了，沒想到跑到後院打雪仗了，剛想跟他們說太冷了別玩得太久，一個雪團直往她的面門襲來。

「啪！」唐書瑤和唐文博感覺時間彷彿靜止，皆是驚訝地望著娘親，沒想到她會突然走出來。

「呸呸呸，你們兩個趕緊進來！」馬氏擦掉臉上的雪，衝著他們吼道。

唐書瑤和唐文博對視一眼，他無奈地聳了聳肩，然後兩人朝著馬氏走去。

唐書瑤率先說道：「娘，我們沒看到您出來了，您沒事吧？」

唐文博也在一旁小心翼翼地說道：「嘿嘿，娘，真不是故意的，就是您……」

「我怎麼？」馬氏咬牙切齒地說道。

眼見著娘親變了臉色，唐文博立刻閉上嘴。

馬氏揪起唐文博的耳朵質問道：「是不是你剛才扔的？」

「疼疼疼，不是我，娘，疼啊，真的不是我！」

唐文博的腦袋朝著馬氏移去，一邊給姊姊使眼色，希望姊姊幫他說好話。只可惜唐書瑤被唐文博滑稽的表情逗笑了，絲毫沒有理會自家小弟的意思。

馬氏拽著唐文博的耳朵走進大堂，唐書瑤跟在後面進來，看著唐文博一路哀號，或許是終於領會到自家小弟求救的意思，也或許是她看夠了熱鬧，這才上前勸道：「娘，小弟他耳朵都紅了，您還是快放手吧！」

「對對對，娘，真的好疼，好歹我也是您親兒子，您怎麼下手這麼重咧！」唐文博委屈地說道。

聽著他們姊弟二人的話，馬氏這才鬆手，剛想繼續訓斥他們一頓，就聽到身後孩子他爹的聲音。

「二哥？大冷的天跑過來，可是有什麼事？」

馬氏他們母子三人齊齊向門口望去，就見到唐禮仁一臉喜色地走進來。

唐禮仁神情激動地看著三弟，語無倫次地說道：「三弟，我有喜了！不是！是孩子她娘有喜了！」

唐禮仁話音一落，唐禮義和馬氏面面相覷。

是他們理解的那個意思嗎？二嫂懷孕了？十多年了，二嫂竟傳出喜事？

唐禮仁看著三弟和弟媳不說話，有些不知所措，難道不該跟他一樣激動嗎？十多年了，劉氏再一次診出喜脈，他終於有後了！

馬氏回過神來，走過來問道：「二哥，你的話可是真的？二嫂她有喜了？」

唐禮仁使勁地點點頭，馬氏瞅了一眼孩子他爹，又看著二哥語氣斟酌道：「可有找大夫看了？」

唐禮仁搓了搓手，興奮道：「找了找了，最近孩子她娘總吵著累，我就讓她歇歇，結果今早突然昏過去，給我嚇得趕緊找趙大夫看看，沒想到是喜脈！」

聽著二哥的話，馬氏笑道：「那可真是恭喜二哥了！」

唐書瑤看著此時的二伯，見他眼神發光，嘴角的笑容從進門時直到現在都是向上翹著，可見二伯這是真高興。之前在唐家的時候，她從沒見過二伯這般高興的神情，不過轉念想到二伯母十多年都沒有音信，突然有了身孕，實在是太難得了，所以才這麼激動吧？

馬氏看著二哥傻樂的神情，都有些不忍直視，問道：「二哥可是去爹娘那裡了？」

「去了去了，現在娘就在我家裡呢，我太高興了，就想告訴你們一聲。」

馬氏也能理解二哥的心情，畢竟十多年沒有消息，突然就有了，難免有些興奮，看著孩子他爹說道：「把鋪子關了，咱們去二哥家看看？」

唐禮義點點頭，他們家有馬車，來回也方便，自是沒有問題。

唐文博在一旁小聲道：「是二伯母要生小孩的意思嗎？」

唐書瑤朝著唐文博點點頭。

只見唐文博睜大眼睛說道：「那我不是最小的了？」

唐書瑤一聽，笑著揉揉他的腦袋，說道：「以後我們文博也要成為哥哥了，開心嗎？」

唐文博點點頭。「到時候我給他買糖葫蘆吃！」

幾個大人聽到唐文博的話，不由得會心一笑。

唐禮義讓興隆和興旺留在家裡看鋪子，他趕著馬車，載著馬氏母子三人，還有二哥向桃花村駛去。

唐書瑤好久沒回桃花村，自從進入冬日，村裡的蔬菜供應得少了，菜品也比較單一，多數是白菜和蘿蔔，加上也快要過年，大夥兒都忙著準備布置年貨，鋪子的生意比往日冷清了一些。

因此，唐禮義都是隔三日回一趟村裡收菜，偶爾也會去別的村子收菜，冬日氣溫低，東西不容易壞，每次收菜的時候，都收得特別多。

沒過多久，他們就到了二房的院子，唐書瑤打量著這個小院，這是她第一次來到二伯這裡，小院不大，只有三間土房，右側是放置乾柴的木棚，剛走進院子，就聽見老太太的笑聲從屋子裡傳來。

唐禮仁率先向屋裡走去，唐禮義和馬氏他們在後面跟著。唐書瑤進去的時候，就看到二伯母在床上坐著，臉上掛著笑容，雖然氣色還是有些蒼白，仍掩飾不住她臉上的喜意。

瞥到唐書蘭的時候，見她微微蹙著眉頭，不知在想些什麼。

唐禮義看著老太太說道：「娘，您也過來了？」

老太太樂道：「我一聽老二說的事，哪裡還坐得住？真是老天保佑咱們唐家，讓你二嫂再添喜事，我這心啊老是惦記著這事，就趕緊過來看看！」

唐書瑤姊弟倆向老太太和二伯母問好，這才退到一邊。馬氏走到劉氏旁邊問道：「大夫怎麼說的？這孩子多久了？」

老太太一聽三兒媳婦的話，也湊近耳朵想聽聽，她光顧著高興了，倒忘了問旁的事情。

劉氏見大家都盯著自己，下意識地向後縮了縮，身子碰到後面的牆，才反應過來是在關心她，趕緊回道：「大夫說我頭幾個月都要臥床休息。」

老太太一聽就皺著眉頭，看著樣子這胎挺艱難，張嘴囑咐道：「那妳可要好好聽大夫的話，沒事就在屋裡面待著。」又看向老二說道：「你媳婦說的話你聽到沒有？不能讓她繼續做活，有什麼活你都做了，要不然我就過來住一段日子！」

劉氏一聽老太太的話，緊張地望著孩子她爹。她對婆婆一直很害怕，好不容易分家不用住在一起，要是再住到他們這裡，豈不是又要像之前那樣？想到這裡劉氏一急，肚子也跟著疼了起來。

劉氏一向是沈默自卑的性子，見著屋裡面這麼多人，也沒敢說出自己肚子不舒服。

唐禮仁瞅了一眼孩子她娘，看著老太太說道：「娘，那就麻煩您了，我一個老粗也不知道怎麼照顧她，您來我也能放心些。」

聽見孩子她爹一口答應，劉氏更是急得額頭直冒冷汗。

馬氏眼尖，瞧著二嫂臉色不太對，問道：「二嫂妳這臉色，怎麼比剛才還要白？莫不是哪裡不舒服？」

劉氏這才一臉痛苦地說道：「我肚子有些痛！」

「什麼？」老太太驚嚇到，隨即趕緊吩咐唐禮仁去找大夫來，看著劉氏說道：「妳肚子不舒服怎麼不早說？妳看看妳這臉色，真是！」

等到大夫來了之後，除了唐禮仁在屋裡陪著，其他人都到堂屋等候消息，唐書瑤一直注意著三堂姊的臉色，見她臉上並沒有高興的情緒。

現在二伯母肚子難受，唐書瑤能理解對方是擔心二伯母的身體，可是從進門起，對方的臉色就不太好，難不成是二伯母懷孕太突然，三堂姊沒有反應過來？

想到前世那些獨生子女，有的時候也不太能接受父母再生一個小孩，大概是不想有人分得父母的寵愛，但也不是所有人都是這樣的想法。可三堂姊十幾年來，二伯和二伯母都只有她一個孩子，今日二伯母突然被診出懷孕，或許一時想不通才會悶悶不樂的吧？

想到這裡，唐書瑤拉著唐書蘭向外走去。

兩人走到院子，唐書蘭不解地問道：「妳拉我出來做什麼？」

「我看妳有些不太高興，是……是因為二伯母有喜的事嗎？」唐書瑤認真地看著對方問道。

唐書蘭本來沒聽懂唐書瑤的意思，待看到她的眼神時，這才領會到她的意思，一翻白眼說道：「我是那樣的人嗎？」

唐書瑤笑嘻嘻地說道：「我就知道三姊妳不是那樣的人！」

「那可不是！」唐書蘭下巴一抬，傲嬌地回道。

「那妳怎麼不太高興？」

唐書蘭耷拉下腦袋，看唐書瑤的眼神裡有著關心，半晌才說道：「我擔心咱奶奶！」

「咱奶奶？奶奶怎麼了？」

唐書蘭嘆了一口氣，說道：「今早我娘突然昏過去，我嚇了一跳，我爹趕緊去村裡找了趙大夫過來看看，沒想到就診出是喜脈，我爹當時特別激動，直接跑到大房跟奶奶說了，我本來還以為爹是去趙大夫那裡拿藥，沒想到爹是去跟奶奶說了這件事。妳也知道，奶奶之前看不上我娘，就是因為我娘一直沒有生男孩，這麼多年突然又有喜脈，我擔心我娘要是生的妹妹，到時候……」

說到最後的時候，唐書蘭眉頭皺成一個疙瘩，倘若娘生下的孩子是個女孩，別說爺爺、奶奶了，恐怕爹也會失望。

唐書瑤聽了這番話不禁點頭。想想，確實如她所說，奶奶肯定會失望，畢竟她一開始就盼著二伯能有個男孩，結果這麼多年二伯母都沒有消息，這也導致奶奶對二伯母越發嚴厲。

唐書瑤安慰道：「女孩也是好的，我知道奶奶她比較……就是挺在意這件事，可是二伯母生下的不管是男孩還是女孩，都是妳的弟弟或者妹妹，到時候有人陪著妳多好，再說二伯母現在能有這一次，也還會有下一次，還是先照顧好二伯母再說。」

唐書蘭上前將下巴搭在唐書瑤的肩上，呢喃道：「這件事我都沒敢說出來，見爹和奶奶都還沒想到，我怕提醒他們，到時候娘親會害怕，唉！」

唐書瑤伸手拍了拍對方的背。「妳怎不知奶奶和二伯沒有想到呢？或許他們想到了，只是想著二伯母的情況，怕影響二伯母的情緒，所以一直沒敢提，這樣豈不是更好？大家都不說，二伯母也不會想起來這事，她就不會害怕了。」

第二十九章

唐書蘭突然直起身，抿了抿唇說道：「妳知道我以前為什麼討厭妳嗎？」

「唐書蘭！」

「別生氣，再說妳那會兒不是也一樣很煩我，我只是把話說出來而已，何況我現在不討厭妳，才會把話跟妳說出來。」

唐書瑤語氣危險地說道：「那妳說說是為什麼？」

「因為妳有哥哥，還有弟弟！」唐書蘭認真地看著對方的眼睛說道：「妳知道嗎？之前我爹那麼努力做活，可是依舊不得爺爺、奶奶的喜愛，就是因為我們二房沒有男孩，而三叔他可以偷懶耍滑，爺爺、奶奶也不會整日訓斥他，有時候實在看不下去了，才會訓斥三叔，那時候我就特別嫉妒妳，有時候也常常在想，倘若我是妳該有多好！」

唐書蘭向旁邊走去，不想看唐書瑤的臉色。

她覺得今日做了傻事，這話說出來，書瑤她肯定不會再同自己親近，只是說都說了，她只想說個痛快。在這個家裡，不只她娘難受，其實她也很痛苦。

唐書蘭望著天空，說道：「之前在大房那個院子，天不亮娘就要起來燒火做飯，往年冬日的時候，為了怕浪費柴，娘她都是用涼水洗衣服，那涼水刺骨，娘的手凍得又紅又腫，妳知道那時候我有多討厭這個家嗎？」

此時唐書瑤坐在桌子旁邊，雙手托腮望向窗戶外面，那一日去二伯家裡，唐書蘭跟自己訴苦的情景深深地印在她的腦海中，唐書蘭那種無助與無奈的感受，讓她深感窒息。每每想到這件事情，唐書瑤都會告訴自己，絕不可以變成二伯母那樣的女人。即便將來自己像二伯母那樣只生下一個女孩，自己也絕不允許孩子受到委屈和傷害。大不了，她就帶著孩子離開，反正她有能力養活自己，也不可以讓自己的孩子像三堂姊那般生活。

唐書瑤在心裡暗暗發誓。

唐文博剛走進姊姊的屋子，就看到她在走神，走到她對面的時候，依然沒有反應，不由得伸出手來在她面前揮了揮。「姊，姊？」

唐書瑤回過神就看到近在咫尺的唐文博，嚇了她一跳。「你做什麼?跑到我屋子幹麼?!」

「姊，妳想什麼呢想得這麼專注？我都進來好久了，妳都沒有看到我！」唐文博嘛了噘嘴，不滿地說道。

唐書瑤輕咳一聲，緩解自己的尷尬，自己真是太會腦補了，連生孩子的事都想好了，看到唐文博懷疑的眼神，她趕緊解釋道：「沒什麼、沒什麼！」

「騙人，明明就是不想說！」

唐書瑤轉了轉眼珠，反應過來說道：「這不是快要過年了嗎？我在想這過年，是要準備很多東西吧？還有這菜，我在想要做什麼菜呢！」

一聽到說做菜的事情，唐文博開心道：「姊，我想吃烤雞、烤鴨，還有妳上次做的烤肉，實在是太香了！姊，過年的時候妳來做菜吧？我想吃妳做的菜，真的，妳做的菜太好吃了，現在一想，我都要流口水了。」說著說著唐文博一臉陶醉。

唐書瑤看著自家小弟的模樣，伸出食指點了點對方的腦門，笑道：「瞧你這模樣，好了好了，我答應你就是了。說！你是不是嫌棄興隆做的飯了？」

唐文博腦袋一偏，嘿嘿笑道：「姊，這都被妳看出來了，主要是之前妳做的菜好吃，現在在吃別人做的菜，就感覺飯都不香了，其實我不是嫌棄的意思，也不是挑食，就是……嘿嘿。」說著唐文博搖著手，試圖讓自己看起來更誠懇些。

唐書瑤好笑又無奈地嘆一口氣。「行了，不用解釋，我知道你沒有挑食的意思，今晚我來做飯。」

「真的嗎？姊妳真是太好了！」唐文博一臉興奮地看著姊姊，見姊姊點頭，唐文博高興地一下子蹦起來，旁邊的桌子也跟著一顫。

待下午客人都走光了，馬氏將鋪子關上，一家人去了縣城備置年貨。

唐禮義坐在外面駕著馬車，馬氏他們母子三人坐在裡面，看著閨女和小兒子，馬氏笑道：「這次去，給你們買幾身衣服，我閨女、兒子都這麼好看，待換身好看的衣裳，咱家那些鄰居見了，定要認不出來。」

他們家人對於穿的方面不怎麼在意，自從做生意賺了錢之後，每日都會做一道肉菜，這在以前，都是想也不敢想的事情。

先前大兒子準備去學堂的時候，她才給大兒子準備了兩套新衣裳，他們自己都沒有準備。也是她無意間聽到鄰居說他們，都賺了那麼多錢，還裝窮，穿得那麼窮酸，她才意識到，自家該買新衣裳了。這其實也是因為她的女紅不好，所以一直沒有做衣裳的想法，才拖到現在。

快要過年了，她昨晚算了算這幾個月賺的錢，居然已經賺了五百兩銀子，看到賺了這麼多錢，馬氏也大氣起來，心一橫，乾脆一家人去成衣鋪買衣裳。

唐書瑤聽著娘親的話，樂道：「娘是要買布疋拿回去做衣裳嗎？」

馬氏一擺手。「做什麼做？咱去成衣鋪買，妳這丫頭又不是不知道娘的女紅，那好布料真買回來，娘不得糟蹋了？還是買成衣吧！聽說縣城有好幾家大的成衣鋪，到時候好好挑挑。」

聽到娘親的話，唐書瑤這才想起來，似乎原主從未學過女紅，而唐書琪、唐書夏還有唐書蘭她們都會。不過，反正她對女紅不太感興趣，也幸好娘親沒有提起此事，更沒有讓自己學，不然她會很頭疼。

對於一個伸手就想跟人過幾招的唐書瑤來說，做女紅那樣的細緻活真的不適合她。

一旁的唐文博急道：「娘！咱們不買年貨了嗎？不買糕點了嗎？不買糖塊了嗎？」

馬氏和唐書瑤對視一眼，不由得齊齊輕笑起來，馬氏還開玩笑地說道：「今日就打算買衣裳，沒打算買其他的。」

「啊～～」唐文博一聲哀號。

坐在外面的唐禮義聽到裡面傳來的聲音，大笑起來。「兒子，你可真是傻！」

唐文博聽著爹笑話自己，又看著娘和姊姊的臉色，這才反應過來自己上當了。

「娘，您怎麼這樣！」

「嗯？我怎樣？」馬氏語氣危險地說道。

唐文博縮了縮脖子，使勁搖頭道：「沒怎樣，娘最好了，我什麼都沒說。」

馬車趕到縣城的時候，唐書瑤掀開簾布一看，就見到街上來來往往的人，比平時熱鬧了一倍。

「哇，這麼多人！」唐文博腦袋湊過來感嘆道。

唐書瑤也跟著附和。「是啊，真是太多人了，一會兒下了馬車，你記得牽著爹爹的手，人這麼多，不能胡亂跑開知道嗎？」

唐文博點點頭，認真記下姊姊的叮囑。

剛走進鋪子，唐書瑤就聽到旁邊幾個女子在一旁八卦。

一個身穿竹青色的女子幸災樂禍地說道：「你們知道嗎？楊若靈和孔順明訂親了！」

久違聽到楊若靈的名字，唐書瑤停下步伐，慢慢踱步到一旁，想聽聽她們在說什麼。

「孔順明？就是那個家裡窮得要死，他母親靠賣地都要供兒子唸書的那個孔順明？」旁邊穿鵝黃色的女子驚訝地說道。

「對，就是他！之前楊若靈整日一副清高的模樣，張嘴就是她表哥怎麼怎麼樣，我還以為她能嫁給她表哥呢，沒想到，最後找了一個窮酸書生！」穿竹青色服飾的女子撇了撇嘴，不屑地說道。

「真的嗎，怎麼會呢？她不是說她娘也有那個意思嗎？怎麼會這麼突然跟了孔順明呢？再說現在才十三，未免太早了吧？」另一位圓圓臉的女子不可置信道。

竹青色衣服的女子眉頭一皺。「妳這是不信我的話？」

「也不是不信，就是太意外了，會不會是假的啊？」

那身穿竹青色衣服的女子臉一黑。「我用得著騙妳們嗎？實話告訴妳們吧，之前有段時間楊家的鋪子不是出事了嗎？」

這女子一問，她旁邊的兩個女子立刻點點頭，只見那女子繼續說道：「自那之後，楊家的生意就開始敗落，要不是咱們縣令還在這裡，那楊家恐怕會被鎮上的人攆出去，這可是天災，人哪敢跟上天作對呀！」

「是啊是啊。」旁邊的兩個女子附和道。

那女子看著她們的神態，滿意地點點頭，繼續說道：「這楊府的生意都敗落了，妳們說咱們縣令夫人，還能同意自己的兒子娶楊若靈嗎？這楊府眼見著沒了縣令公子這個金龜婿，加上名聲也不好，就想著去寺裡看看大師出出主意，沒想到那大師說這一切都是楊若靈剋的，而且這楊若靈繼續留在楊府，只會讓楊家家財散盡！」

「天啊！」旁邊的兩個女子齊齊發出驚嘆聲。

那女子笑了笑，繼續說道：「這楊若靈的命剋的，妳們說說，為了保住最後的家財，還能留她在府裡嗎？」

「不能！」那兩個女子異口同聲道。

身穿竹青色衣服的女子雙手一拍。「對啊，可不就是這個理？所以就早早地給楊若靈找了合適的人家訂親。」

圓圓臉的女子疑惑道：「可是不對啊，這訂親有什麼用？楊若靈還不是留在楊府？」

「妳傻了吧，都訂親了，自然算是別人家的人了，也就不會再剋到楊府了，再說楊若靈才十三啊，這麼小能成婚嗎？」

「不能。」圓圓臉的女子回道。

「這下子妳們明白了吧！」

「可是，為什麼會找孔順明啊？」

身穿竹青色衣服的女子嘆了一口氣，解釋道：「還能因為什麼，自然是他們又去找縣令了！」

「啊？快說快說，是有什麼隱情？」

唐書瑤聽著那邊的聲音降低，不過她的聽力好，還是能清楚地聽到那個女子說道：「楊府在找過大師後，就想趕緊給楊若靈訂個婚事，那楊若靈知道家裡的想法，就想跟她那個表哥，就是縣令公子訂婚，但是聽說家裡不同意，楊若靈就跑到縣令府裡，想給縣令公子下藥成就好事！」

「我的天！」旁邊兩個女子驚呼道。

「妳們小點聲，這可是聽我小舅的姊姊家的兒子說的，他在楊府當差，據說那次縣令夫人大發雷霆，想要跟楊府斷絕關係呢！」

圓圓臉的女子好奇問道：「那縣令公子他……」

「沒有，據說縣令公子聽說表妹來了，連人都沒有去見，只是讓自己的書僮過去知會一聲，那書僮倒是中招了。」

旁邊的兩個女子面面相覷，圓圓臉的女子繼續問道：「楊若靈該不會和那書僮……」

那身穿竹青色衣服的女子意味深長地點點頭，旁邊兩個女子齊齊捂住嘴巴，半晌圓圓臉的女子說道：「不會吧？這也太……」

唐書瑤只見那邊又壓低了聲音說道：「那事究竟成沒成，沒人知道，只是丫鬟進去的時候，就看到兩人衣衫不整，所以……」

那女子輕咳一聲，繼續道：「這事驚動了縣令夫人，當日就將那楊若靈攆了出去，並且派人盯著楊府，不許這事傳出來，要不是我小舅的姊姊家的兒子在楊府，這事我還不知道呢！要不是我們交情好，我才不告訴妳們，我可跟妳們說，這事不許傳出去，妳們聽到沒有？」

那兩個女子當即點點頭，唐書瑤注意到那身穿竹青色衣服的女子眼神有些不對勁，還沒等她來得及想清楚是怎麼回事，就聽到唐文博喊道：「姊，妳幹麼呢？怎麼還不過來？」

那幾個女子聽到聲音，齊齊回頭向唐書瑤望去，身穿鵝黃色衣服的女子說道：「她該不會聽到咱們說的話吧？」

「怎麼會，咱們說得這麼小聲，何況她離咱們這麼遠，怎麼可能聽到，妳試試這麼遠的距離能聽清嗎？」旁邊的女子質問道。

那身穿鵝黃色的女子當即搖搖頭。

唐書瑤聽到唐文博的喊聲，趕緊朝他們走過去，她只是沒想到，裴嘉哲居然發生了這麼多事。聽到娘親也開口喚她，唐書瑤趕緊將心思收回來，快步走過去專心挑選衣服。

這間成衣鋪很大，還分上下兩層，女子的在二層，馬氏讓唐禮義帶著小兒子在一樓看看，她和閨女去二樓挑選。

馬氏看著閨女說道：「不進來買成衣還沒發現，閨女妳比去年高了不少，幸好這件袍子大，若不然……」意識到旁邊還有其他人在，馬氏趕緊住了嘴。

第三十章

唐書瑤低頭看了一眼自己衣袖，確實有些短了。

上了二樓後，她開始打量二樓的成衣，走近觀看的時候，唐書瑤不得不佩服那些會女紅的人，這花樣做得可真精緻，細節也特別完美，嘴角不禁微微一勾。

馬氏看到閨女專注地盯著這件成衣，走過來說道：「既然喜歡，咱就買了。」說完又看向旁邊的老闆娘問道：「這衣服尺寸多少？怎麼賣的？」

那老闆娘一聽，頓時笑著回答，沒想到看著不起眼的人，竟然先問的是尺寸，可見對方是真心想買，並且有能力買。

在成衣鋪一共花費了二十二兩銀子，馬氏給家裡每人都買了三套衣服，等走出鋪子的時候，馬氏都覺得心肝疼，不過看著複雜的花樣、柔軟的面料，倒是不再難受了。

回去的路上，唐禮義剛好接大兒子回家，到學堂門口的時候，唐書瑤還特意看了半天，都沒有見到裴嘉哲，本來是想問他最近的情況，沒見到就算了。

等回到家的時候，唐書瑤走到唐文昊的屋子，裝作不經意地問道：「哥，你們學堂最近有什麼事嗎？」

唐文昊不解道：「什麼意思？我們學堂怎麼了？」

「就是，有沒有什麼奇怪的傳聞？」

唐文昊將手裡的書放到書案上，轉過身問道：「小妹怎麼突然這麼問，是有什麼事嗎？」

「沒什麼啊，就是關心關心大哥啊，怎麼樣？有嗎？」

「自然是沒有。」

唐書瑤看著唐文昊的臉，有些洩氣。「大哥，是不是你太專注唸書了，根本沒注意到學堂發生什麼事了啊！」

唐文昊走過來。「嗯？小妹以為我是那種兩耳不聞窗外事的書呆子嗎？」

「沒有沒有。」唐書瑤趕緊搖頭否認。

「雖然不知道小妹想打聽什麼事，不過學堂有什麼傳聞，妳大哥我還是會聽說的。這幾日我們師娘準備在學堂裡選一名弟子做她的女婿，這倒是我們學堂近來最熱鬧的事了。」

唐書瑤追問道：「真的沒有別的事嗎？」

唐文昊搖搖頭。「怎麼，小妹妳這是聽說了什麼跑過來問我？」

唐書瑤趕緊否認，看著大哥那副了然的神情，落荒而逃。

翌日是唐文昊休沐的日子，一家人吃過早飯，就開始購買年貨。昨日去縣城只是買了成衣和糕點，其他的東西都沒有買，實在是縣城的東西要比鎮上的貴，馬氏算計著錢差了那麼多，最終看在小兒子的面上，還是買了些糕點回來，今日還得繼續買。

走在街上的時候，唐書瑤明顯感覺到，今日的街上比昨日還要熱鬧，或許是天氣的原因，今日出了大太陽，比昨日暖和很多，備置年貨的人都紛紛出行採買。

看到有賣糖葫蘆的，唐文博趕緊扯了一下姊姊的胳膊，他知道只要跟姊姊說一聲，姊姊就會給自己買，相反若是朝娘親要，恐怕會費些口舌。

唐書瑤低頭一看唐文博祈求的眼神，就明白了意思，趕緊給他買了一個糖葫蘆，接過糖葫蘆的唐文博看著爹娘先說道：「爹，娘，你們也吃一個。」

唐禮義揉了揉小兒子的腦袋，笑道：「自己吃吧。」

馬氏也跟著點頭。

唐文博看著爹娘拒絕，又瞅了瞅大哥和姊姊，見他們也搖頭，他這才吃起來。

前日去村裡收菜的時候，剛好碰上有人殺豬，唐禮義趁此買了好多豬肉，雖然他們平時也經常吃肉，但過年的時候得吃得更豐盛些，還是要多備置些。

走到小販旁邊的時候，還能看到好幾個同村的人，如今他們見到唐書瑤他們一家人，都會主動上前笑著打招呼。

走走停停半個時辰，唐書瑤他們每個人手上都提著不少東西，因為街上人多，馬車實在是妨礙別人通行，所以唐禮義和馬氏身上都揹了一個背簍。

眼看著最近幾日鋪子裡不怎麼忙，馬氏早上就讓興隆和興旺回村子裡住著，家裡的屋子好久沒住人，馬上就要回家過年，怕太冷了住不了，就先讓他們回去住兩日，整理乾淨，然後燒燒火、暖暖屋子。

等到唐書瑤一家回到鋪子的時候，就見到裴嘉哲在門口站著，馬氏親切地問道：「是來吃飯的嗎？」

裴嘉哲瞅了一眼唐書瑤，才向馬氏點頭應道：「是的伯母。」

此時二樓包廂裡，唐書瑤看著裴嘉哲的臉色，似乎憔悴了不少，莫不是因為他表妹那件事？不過這種事畢竟是別人的私事，唐書瑤不好直接跟本人打聽，她自己也不愛旁人問東問西的，所以只是關心了一句。「看你沒怎麼吃，怎麼？我們家的串串香不好吃嗎？」

裴嘉哲笑道：「怎麼會？也不知道你們家祖上是不是做過廚子，這做的包子，還有這串串香味道都很好，就是挺長時間沒有見面，就想著過來看看。」

唐書瑤仔細一想，確實有一個多月了，上次見面還是在學堂門口給大哥送飯。「看我大哥平時看書都看到很晚，我都不敢去打擾他，你是不是也這樣？」

「說到這個，唐書瑤，我來是想跟妳說一聲，再過兩月，我就要參加縣試了。」

唐書瑤驚訝道：「縣試？這麼快？」

裴嘉哲點點頭，看著對方生動的表情，心頭那些煩躁也漸漸消失。

這幾日家裡很亂，他娘整日盯著他，擔心他被表妹欺騙，表妹若是能騙得了他，早就騙了，現在都這樣了怎麼還能騙得了他？他是真的沒想到表妹會做出這種事來，事情到最後，看到表妹被娘整得只能跟一個窮書生訂親，他這心裡也頗不是滋味。

儘管很不喜表妹的行為，但他自小一直把表妹當成親生妹妹來看待，只是現在事情變成這樣，就連一直跟在自己身邊的書僮也被娘親打發走，那分明不是阿榮的錯，這讓他覺得有些不舒服。

加上快要參加縣試了，他就乾脆不去學堂，這幾日待在家裡反而更加煩躁，那個傻呆呆的阿榮不在自己身邊，平時自己習慣喝溫茶，如今不是涼的，就是熱的，沒一次能喝到自己想要喝的。

如今看到唐書瑤的笑臉，裴嘉哲的心情才漸漸放鬆下來。

「這次是我第一次去考縣試，已經唸了這麼多年書，我爹也想讓我去試試，就算不行也當作試試，成了就更好。」

唐書瑤聽著對方的解釋，點頭道：「縣試是什麼時候？」

「差不多是二月左右，提前一個月的時候，我爹就會收到上面的通知。」

唐書瑤恍然道：「那你還能在臨溪縣考嗎？」

「不會，我要去臨縣考，不在本縣考。其實這事本也沒什麼，只是我爹說，怕將來有人拿這事攻訐我，讓我還是去臨縣考比較好。」

這事就是不怕一萬，就怕萬一。唐書瑤點點頭，不經意間抬頭就看到站在包廂門口的書僮，見對方的書僮換了一個人，聯想到昨日聽到的傳聞。

裴嘉哲順著唐書瑤的視線望去，就看到順才站在門口，解釋道：「之前的那個犯了錯被攆出府外，這個書僮是新來的。」

「我還以為自己看錯了，沒想到真的換了一個人。」那事竟然是真的……上頭的人弄出的么蛾子，倒楣的卻是下面的人。

裴嘉哲轉移話題道：「看妳家裡買了馬，怎樣？會騎馬嗎？改日去城外騎馬怎樣？」

聽到裴嘉哲的話，唐書瑤就想到那日刺客夜襲，她被某人拉上馬共乘一匹馬的時候，想到樹林裡的對話，嘴角不禁微微上揚。

見著唐書瑤的神情，裴嘉哲心裡不知怎地突然一慌。「怎麼了？要是不想去就算了。」

唐書瑤聽到對方的聲音回過神來，趕緊解釋道：「我還沒學會騎馬呢，等我學會了，到時候再去比一場。你不是說要準備參加縣試了嗎？這段時間還是好好唸書吧，別辜負了你爹對你的期待。」

裴嘉哲無奈地嘆口氣。「妳真不愧是文昊兄的妹妹，兄妹倆是如出一轍，連勸人的話都是一樣的！」

「那是自然，那是我哥，我們可是一家人！」

裴嘉哲看著對方那副驕傲的神態，噎了噎，半晌才說道：「妳最近過得怎麼樣？看妳家裡都開了鋪子，生意應當不錯吧？」

「挺好呀，每日……」

裴嘉哲在這裡待了半個時辰，看著點的串串香都吃完了，而一直站在門口的順才也進來委婉地對他說道：「少爺，時辰不早了，夫人若是知道您這麼晚還沒有回去，小的恐怕會無法交代。」

唐書瑤聽著那書僮的話，有些不解地看向裴嘉哲。

裴嘉哲笑笑。「好了，我也該走了，妳這兒的串串香倒也名符其實，難怪我聽別人常說鎮上有一個賣串串香的吃食，一吃就讓人難以忘懷，今日總算是吃到了。」

一聽對方誇自家的東西好吃，唐書瑤心情很好地回道：「放心吧，以後我們鋪子會開到縣城的。」

裴嘉哲微微驚訝。「哦？那我可是等著妳的好消息。」

說完，兩人就朝樓下走去，唐書瑤剛下樓就看到娘親一臉興奮地朝自己走來。「瑤瑤啊，妳猜娘聽說啥了？」

馬氏看到後面跟著的縣令公子，臉上的笑意戛然而止，唐書瑤看著娘親的神情，尤其是娘看到裴嘉哲立刻變了臉色，不知怎地就想到在成衣鋪聽說的那件事。

意識到自己的反應太過，馬氏趕緊露出笑道：「可是吃好了？」

裴嘉哲笑著點點頭回答。「以前一直聽說妳們家的串串香美味，今日過來一吃，果然名不虛傳！」

在裴嘉哲離開後，馬氏瞅了瞅對方離開的馬車，這才拉著閨女走到屋子裡說道：「妳知道娘今日在外面聽說了什麼嗎？」

「什麼？」唐書瑤問道。

「那楊府的女兒居然在訂親前，就跟人……」意識到跟自己閨女說這種話好像不太好，馬氏趕緊解釋道：「總之就是那楊府的姑娘毀了名聲，做下不好的事情被人發現了，之前不知道什麼時候訂親的，現在男方吵著上門退親！」

唐書瑤心裡暗道一聲「果然」，她的預感沒有錯，轉念想到在成衣鋪見到那個女子的神色有異，她當時沒有想太多，如今細細想來，恐怕那女子是故意在那個地方和那兩個女子說的吧？為的就是將這件事傳出去。

不然，誰也不會將這種秘密隨隨便便地在那種地方就說出來。而且看她最後叮囑那兩個女子的時候，特意讓她們不要傳出去，說這話的時候那個神情，現在想來，那女子多半知道另外兩個女子肯定是大嘴巴，這才短短一日的工夫，就已經從縣城傳到了鎮上，可見那兩人的嘴有多快！

唐書瑤看著娘親問道：「那後來呢？退親成功了？」

「這倒沒有，聽說是楊府前頭出了錢供那個人唸書，若是想要退親，得把之前訂親給的錢都要連本帶利地還回來，大概是破罐子破摔，這楊府也不在乎名聲了，就這麼直接跟他們吵起來，最後這件事也就不了了之。」

唐書瑤沒想到那個孔順明是這樣的人，想來即便是他最後考上了功名，恐怕到時候做的第一件事就是悔婚。不過，這些都不關她的事。

想到昨日聽到的傳聞，唐書瑤裝作不在意的模樣問道：「娘，那這事跟縣令有關嗎？」

馬氏不解道：「跟縣令府有什麼關係？就算楊府和縣令是親戚，但這種消息縣令也禁止不了，這消息傳得很快，很多人都知道了。」

唐書瑤點點頭，沒有再繼續問下去，看來那幾個女子也知道不可以得罪縣令，傳出來的消息也是模糊了跟楊若靈有關的那個男人。

冬日裡，家家戶戶待在家裡的時間比較多，尤其是快過年的這幾日，想要做活的人也沒有什麼活計可以做，因此閒著的人都聚在一起說說八卦，所以楊府傳出來的這件事，頓時吸引了大家的注意。

有些喜歡看熱鬧的人，甚至還會跑到楊府門口圍觀一番，這也讓楊府的大門不敢打開。

第三十一章

唐書瑤走在街上的時候，明顯感覺到氣溫越來越低了，走在路上的行人腳步也不由得加快。

今日是臘八節，唐書瑤出來要買黑米、薏米、紅豆、花生等用來做臘八粥的食材。

在這個世界，臘八節喝臘八粥，相傳是安國的開國祖先安陽帝，在臘月初八那一日攻打鄰國，結果糧草供應不足，大軍餓著肚子，是百姓們自發地煮粥送去，才有力氣順利地打下城池。

為了紀念這一場戰爭的勝利，安陽帝將這一日命為臘八節，喝臘八粥也是這一日的習俗，而前世的臘八節除了喝臘八粥這一點相似外，則是還有祭祀先祖的風俗。

唐書瑤腦海中想著這些，忍不住笑出來，若不是有些地方不一樣，她都難以置信她穿越的是另一個世界，也不知道這裡以後的發展會不會跟上輩子相同，變成科技文明的世界。

「姑娘，妳這是要買什麼啊？在這兒站半天了。」

聽到聲音，唐書瑤這才回過神來，讓夥計幫忙裝好了要買的東西，趕緊向鋪子走去。她剛進鋪子，抬頭就看到大哥向自己走來。「大哥怎麼下來了？」

唐文昊嘆了一口氣。「本來想看看鋪子有什麼需要幫忙的，結果爹娘都說不用，我還在找妳去哪裡了，就聽小弟說妳去買紅豆那些東西，唉，看來這個家裡不需要我啊。」

唐書瑤一邊向廚房走去，一邊回道：「大哥，現在鋪子也不忙，而且還有興隆與興旺兩個人在幫忙，你就不要搶著做活，好好歇息歇息吧！」

將手上的東西放下，唐書瑤走過來認真道：「大哥不必覺得自己幫不上家裡什麼忙而愧疚，你看咱們現在確實沒有什麼需要做的，你就安心唸書，要是覺得無聊，就教小弟好好認字吧，我都學完了，小弟到現在還沒學完一半呢。」

唐文昊一聽就蹙起了眉頭。跟小妹相比，小弟這差距實在是太大。

不過他還是將這事放在了心裡，兄妹倆聊完後，唐文昊就去找唐文博教他繼續認字。

唐書瑤則到了廚房開始為臘八粥做準備。她要先將這些花生、蓮子等食材提前泡上幾個時辰，到時候再煮粥，軟糯好吃。

做好這些東西的時候，唐書瑤才回到自己的屋子歇會兒，剛準備躺下就聽到窗戶傳來鳥叫的聲音。她走到窗戶前打開一看，就看到一隻鷹站在窗沿邊上，腳上還綁著一條紫色的手繩和紙條。

「啁啁——」

「嗯？難不成你是報信的？」

「啁——啁——」

唐書瑤看著這隻鷹也不走，跟牠對視了幾息的時間，見牠沒有飛走的意思，只是直盯著自己，這才伸手解開牠腳上的紙條，還有手繩。

見字如晤，書瑤，偶然聽聞未出閣女子臘八節有戴手繩的習俗，望妳喜歡。

景奕宸字

唐書瑤望著手上紫色的手繩，沒想到竟然是景奕宸送來的，這手繩是少見的紫色，雖是樸素的單色，卻是不失別致。

「啁啁——」

唐書瑤被這隻鷹的叫聲喚回神，她看著牠露出笑容說道：「也不知道你的名字，話說你是怎麼找到這裡的啊？」

「啁——啁——」鷹叫完之後揚了揚頭，似是在炫耀自己的本領。

「不會吧，你真能聽懂我說的話？」唐書瑤疑惑道。

「啁——」只見鷹微微點了點頭。

唐書瑤驚訝地捂住嘴巴，沒想到這隻鷹真的能聽懂，可真是太神奇了，不由得伸手摸了摸。見這隻鷹沒有飛走，相反還湊近她的手蹭了蹭，她笑道：「你可真聰明，我都想從你主子那裡將你搶走了。」

「啁啁——」

半晌後，鷹飛走了，唐書瑤望著天空微微出神，唐文博推門進姊姊的屋子，發現絲毫沒有感覺到一絲熱氣。

唐文博走過來疑惑道：「姊，妳這裡怎麼冷？」發現姊竟然開著窗戶發呆，震驚道：「姊，妳都不冷的嗎？別著涼了！」

回過神的唐書瑤趕緊將手繩和紙條收進空間，隨即關上窗戶。

唐文博突然湊過來好奇問道：「姊，妳藏什麼呢？」

說完唐文博突然跑到她後面，發現什麼都沒有，洩氣道：「我明明看到有一個像紫色繩子的東西，怎麼就沒了？」

自然是被我收進空間了。唐書瑤心裡暗道，不過還是轉移話題說著。「怎麼？突然過來找我是做什麼？」

「姊，妳是不是跟大哥說要教我認字的事？唉，我頭都大了！」唐文博嘸了嘸嘴說道。

唐書瑤伸手捏了捏對方的臉蛋。「瞧你這嘴嘸的，都可以掛一個葫蘆了！」

唐文博拽著姊姊的胳膊撒嬌道：「姊，馬上就要過年了，能不能不學了啊？咱們先好好過年怎麼樣？」

「不行，再過兩個月你就要去學堂了，之前學習也一直斷斷續續地，你說說，你已經有多少日沒繼續認字了？」

聽完姊姊的話，唐文博耷拉下來腦袋，有些洩氣。

唐書瑤伸手揉了揉對方的腦袋，柔聲道：「是不是忘記姊姊之前說的話了？唸書可是一件非常好的事，哪有不努力的？你現在繼續跟大哥好好學認字，我今晚給你做糖醋排骨！」

一聽到有糖醋排骨可以吃，唐文博一掃臉上的憂鬱，抬起頭眼神亮晶晶地盯著姊姊問道：「真的嗎？」

唐書瑤點頭肯定，就看到唐文博蹦蹦跳跳地跑出去，無奈搖頭一嘆，還真是個小吃貨！

在唐文博走後，唐書瑤從空間裡拿出那條手繩，望著它怔怔地發呆，回過神的她將手繩戴上。她沒想到那個人倒是別出心裁，讓一隻鷹飛來傳信，還送了節日禮物。她還以為上次一別，兩人以後都不會再見面。這回突然送過來東西，讓她感覺怪怪的，這還是她在這兒第一次收到禮物。

難道，他是覬覦她的好身手？她搖搖頭，為自己的胡思亂想覺得好笑。

雲陽城，一處小院內，修末看著修譽不解地說道：「欸，你有沒有發現咱們殿下有些怪怪的？」

「怪？哪裡怪？」

修末湊近修譽的耳邊小聲說道：「昨日殿下路過村子的時候，看到那幫小屁孩在嘻嘻哈哈地說起臘八節的事，你猜咱們殿下做什麼了？」

「什麼？」

修末臉上帶著興奮的神情繼續說道：「咱們殿下竟然下馬走到那群孩子面前，問起臘八節都有什麼習俗，尤其是未出閣的女子會有戴手繩的說法，殿下竟然問了兩遍，是兩遍呢！你不覺得奇怪嗎？」

「確實奇怪。」修譽回道。

修末打了一個響指。「對吧？你也覺得，你說殿下怎麼會突然關心這臘八節習俗呢？」

「那你說說看殿下為什麼會這麼做？」王公公從修末身後說道。

一旁的修譽看到王公公的臉色，立刻站直身體，低下頭一副認錯的模樣，而他旁邊的修末並沒有發現王公公的存在，以為剛才的話是修譽說的，便回道：「我猜殿下定是想念宮裡了！」

「是嗎？」王公公陰惻惻地說道。

「我跟你說……」修末肯定地點點頭，剛轉過頭來的修末發現王公公在旁邊，嚇得向後退了一步，而旁邊的修譽杵著跟個木頭似的，也不知道提醒他，頓時尷尬地扯出一絲笑容。「王公公，您怎麼過來了？」

王公公意味深長地看了一眼對方，隨即伸出手來揪住對方的耳朵訓斥道：「殿下做什麼事，豈是你們可以隨意揣測的？」

「疼疼疼疼，我錯了，我錯了……」修末大聲哀號道。

一旁的修譽板著臉，眼神帶著笑意，王公公餘光瞥到的時候，也伸出手擰他的耳朵。修末本來對修譽心有怨氣，結果看到對方也被王公公懲罰，頓時心裡的怨氣消散，只不過看著對方不吭聲，就跟沒感覺到疼似的，也停止了哀號。

王公公鬆開手，訓斥道：「你們兩個今晚不許吃飯，這是對你們的懲罰，記住這個教訓聽到沒有？」

修末和修譽趕緊點頭應道，見他們態度良好，王公公這才轉身離開。

此時院子的東廂房，景奕宸聽著手下的稟報，上次那幫刺客的衣料查出來是安城產的，他下意識皺起眉頭，果然是他那幫好兄弟做的。

景奕宸問道：「查出是誰派來的人嗎？」

「屬下沒有查出。」說完修榮將腦袋壓低，心裡很是愧疚。

查到那些刺客大概是安城派來的，景奕宸心裡已經有了猜測，並沒有責怪修榮。對他一向看不順眼的就是五皇兄，還有六皇兄，無非就是這兩人其中一個。不過，他也不能排除其他幾個皇兄，或許就連母后也……

半晌見殿下都沒有說話，修榮抬起頭問道：「殿下，皇后娘娘派的任務咱們都解決了，殿下打算何時回宮？」

「不急。」景奕宸淡淡地說道。

修榮一聽趕緊勸道：「殿下，這次的凶手就在皇宮，咱們不還回去嗎？」

景奕宸起身走到窗邊說道：「這次的案子只是一個幌子，母后若是知道本宮此時回去，那時恐怕就是我們母子兵戎相見。」

殿下這話一說完，修榮的臉上立刻換上了擔憂的表情，他也不知道該如何勸說了，向殿下行過禮後，退出房間。

此時將軍從空中飛來，落到景奕宸旁邊。

景奕宸看了一眼將軍的腳，見上頭光禿禿的什麼都沒有，頓時有些失望。「她沒有什麼反應嗎？」

「啁啁——」

「會不會是手繩太簡單了？」

「喎——」
「你也這麼覺得？」
「喎——喎——」
景奕宸嘆了一口氣，回過頭來啪地一下將窗戶關上，猝不及防地被撞暈的將軍滿腦袋都是問號，在外頭叫了幾聲抗議。
景奕宸向外走去，迎面就碰上王公公。
「殿下。」王公公行禮道。
「不必多禮，這次的案子已經解決完，收拾東西去景陽鎮。」景奕宸吩咐道，說完他轉身離開。
「是，殿下。」王公公恭敬地應道，反應過來疑惑道：「景陽鎮？不該是回皇宮嗎？」他剛想問殿下是不是弄錯了，卻發現殿下已經沒了身影。
王公公細細一琢磨便明白過來，眼下這時候哪能回宮呢，只是馬上臨近過年，看來殿下這次是要在外面過年了啊……
一想到這裡，王公公的心替殿下難過，不過他還是吩咐其他人趕緊收拾東西準備出發到景陽鎮，雖不知殿下為什麼要去這個地方，不過對於他來說，只要殿下高興就好。

翌日一早，一隊馬車緩緩向景陽鎮駛去，剛下過雪，路不好走，行駛的速度也變得很慢。

唐氏串串香鋪子裡，最後一桌客人走了，興隆和興旺正在收拾桌子，而唐書瑤打著算盤，算著今日的收入，突然看到唐書蘭急匆匆地跑進來。

唐書瑤看著焦急的唐書蘭問道：「三姊，妳這是怎麼了？」

唐書蘭的臉上有些焦急，還有一絲迷茫，很快她的眼神就變得堅定，她咬了咬牙，立刻向馬氏他們跪下求道：「求求小叔、小嬸，求求你們幫幫我。」

馬氏忙走過來扶起唐書蘭問道：「怎麼了這是？妳爹呢？妳怎麼突然跑過來？」

唐書瑤也走過來安慰道：「三姊，妳有什麼事就直接說，怎麼還跪下了，到底怎麼回事啊？」

唐書蘭眼眶微微泛紅，哽咽道：「上次大夫過來就說我娘的身體有些虛弱，需要臥床靜養，之後她又受到驚嚇肚子疼，大夫說她不能再費心思，本來奶奶是好心來到我家想要照顧我娘，可是我娘一見到奶奶就害怕，臉色變得更加蒼白，今早又昏倒了。大夫說我娘憂思過重，再這樣下去，這一胎怕是保不住了！我娘聽了肚子疼得難受，吃安胎藥都沒有用，小嬸求求您，求求您跟奶奶說說，讓她回去吧，不要在我家待著了。」

唐書蘭說完又要給他們跪下，唐書瑤上前問道：「既然這樣，那妳為何不說？」

「我娘她不讓我說啊！」唐書蘭哭著說道。

馬氏和唐禮義面面相覷。他們小輩的跑去說長輩，這傳出去像什麼話？不過看著侄女都跑過來特意求他們，他們也不好拒絕。

馬氏又將唐書蘭拉起來，嘆氣道：「二嫂這性子真是，她自己不敢說，還要攔著妳，都這時候了，唉！行了，別哭了，我跟妳回去一趟就是。」

「謝謝小嬸，謝謝小嬸！」唐書蘭激動地說道。

第三十二章

唐禮義駕著馬車，跟馬氏和唐書蘭一起回了村裡，直到晚上才回來，唐書瑤在外頭等著，見他們進門連忙走過來問道：「娘，怎麼樣？奶奶同意了嗎？」

馬氏滿臉疲憊地說：「妳奶奶一開始不同意，這可是她盼了這麼多年才盼來的孫子，自然是不放心，再說妳大伯那一家亂得很，妳奶奶也不想住那裡，好不容易有機會去二房清淨清淨幾日，自然是不想走，還指責妳二伯是不是嫌棄她煩了？妳二伯也生氣我和妳爹過去添亂，後來還是書蘭那孩子跑出來解釋，妳奶奶和妳二伯才知道情況。」

馬氏走到椅子上坐下來繼續說道：「妳二伯一聽，反手就給書蘭一個巴掌，大罵她不孝順妳奶奶，無奈我只好說妳二伯母的情緒不穩定，妳奶奶留在那裡她不能安心養胎，妳奶奶一聽當即就要走。」

馬氏喝了一口水繼續說道：「後來我去妳奶奶那裡跟她說，妳奶奶也知道妳二伯母的性子，她也沒想得多，這事總算是完事了。哎喲！這一天真是太累了，這麼點事大家也不早點說明白，非得拖到現在，真是！」

「辛苦娘了。」唐書瑤走過來給娘親揉了揉肩，唐文博見到姊姊給娘親揉肩，也走到爹的後面，給他揉起來。

馬氏樂道：「哎喲，我兒子真有孝心。」

「可不是？這可是咱兒子，能沒有孝心嗎？」唐禮義一臉傲嬌道，說完瞇起了眼睛，享受著兒子小手的按摩。

馬氏暗罵一聲，那也是我生的！不過她看著小兒子的表現，不由得瞇眼笑起來。她的女兒、兒子都是孝順的，真是有福。

唐文博聽到爹娘的誇獎，難得不好意思紅了臉，又瞅到姊姊鼓勵的眼神，只覺得渾身上下充滿了幹勁。

天色將黑，唐書瑤回到自己的屋子，準備換下衣服休息，自從來到這裡，她的睡眠習慣也漸漸改過來，之前在末世生存時，她從來不敢睡熟，一有風吹草動她就會驚醒，到這裡幾個月後，只要天色要黑了，她也湧上了睏意。

剛想換衣服的唐書瑤，就聽到窗戶外面傳來「啁啁」的聲音，這聲音聽著耳熟，她便打開窗戶，一眼就看到是上次給她送信的那隻鷹。

「嗯？你怎麼又過來了？」唐書瑤彎下腰看著鷹說道，又仔細打量了一眼鷹的腳，發現並沒有什麼東西，不禁有些疑惑。

只見這隻鷹啄了一下自己的衣袖，又轉過身體，唐書瑤順著這隻鷹揮翅膀的方向看過去，就見到對面二樓站著的人。

時間在這一刻彷彿靜止，漫天的雪花飄舞，唐書瑤直直地望著對面的景奕宸。

二人走到門口，景奕宸盯著唐書瑤的手腕看，她反應過來舉起自己的手。見到自己精心買的手繩繫在對方的手腕上，景奕宸嘴角微微一勾。

「你笑了？」唐書瑤仔細一看才發現對方笑了，雖然不明顯，但她還是看見了。

「我笑了很奇怪嗎？」

唐書瑤點點頭，解釋道：「看你的樣子，不太像是會笑的人。」

景奕宸從身後拿出兩個墊子放在門口的石岩上，兩人坐下，景奕宸微微側頭看著對方說道：「手繩喜歡嗎？」

「喜歡，但你怎麼會突然送手繩過來？」唐書瑤帶著疑惑問道。

景奕宸望向前面，淡淡地說道：「路過村子的時候，聽那幫小孩說臘八節戴這個手繩會有好運，第一次看見妳，妳家鋪子就有人來鬧事，還有那天晚上，因為我，妳才會遭遇無妄之災，感覺妳會需要它，就讓將軍送過來。」

「將軍？將軍是誰？不是這隻鷹送過來的嗎？」唐書瑤有些納悶的問，視線剛好對上鷹的眼，猛然醒悟道：「你說的將軍，該不會是這隻鷹吧？」

說完唐書瑤都有些不可置信，這隻鷹居然叫將軍，名字倒是……有些別致。

景奕宸伸出手來，將軍將自己的腦袋湊到他的手下蹭了蹭，他淡淡的笑道：「之前我在狩獵場的時候遇到了將軍，是牠救了我，那是我七歲父皇讓我們去狩獵場的時候，因為有人將大蟲放進來，人群混亂，恰好我跟侍衛們走散，幸好遇見將軍，牠挺有靈性的，幫我找到了侍衛們，自那以後將軍就留在我身邊。」

唐書瑤驚訝道：「這麼說，你是皇子？」

景奕宸側著臉望向她。「是。」說完仔細盯著她的臉，其實他不想瞞著自己的身分，尤其是對她，只是這樣突然說出來，不知怎地他感覺有一絲緊張。

「那……我要向你行禮嗎？」唐書瑤問道。

景奕宸有些意外，沒想到對方會是這種神態，沒有緊張、害怕，更沒有疏遠他的意思，心底不禁泛起一絲小雀躍。

「我以為妳會害怕，會迫不及待地想要躲著我，沒想到妳會是這個反應。」景奕宸淡淡的說道。

「嗯？我這種反應怎麼了？不正常嗎？」唐書瑤托著下巴問。他的身分高，她早就有猜測，而他也沒對她的一身功夫說些什麼不是？

「很好，我很高興，十三年來第一次這麼高興。」

「那皇宮大嗎？有很多很多的宮人嗎？其他皇子也像你這樣這麼好看嗎？」

景奕宸被對方的問題逗笑。「妳是在誇我嗎？」

唐書瑤輕咳一聲，臉轉向天空，雙腳一下一下的點著地，解釋道：「就、嗯……反正我就是好奇，並沒有想要誇你的意思，你不要誤會，總之，你明白就好。」

看著某人欲蓋彌彰的模樣，為了不讓她惱羞成怒跑回去，景奕宸一本正經的說道：「其實我長得像我小姨，跟父皇和母后不太像，或許這就是母后不喜歡我的原因吧。」

唐書瑤聽著這話轉過頭來，望著對方的臉色，安慰道：「這是上天賜予你的美貌，旁人就算是想擁有也擁有不了，不要覺得難過。」

「嗬嗬——」

唐書瑤聽到將軍的附和聲，繼續勸道：「你看，就連將軍也是這麼想。」說完她靈光一閃，驚訝地指著將軍說道：「你說，牠該不會是看上了你的美貌，所以才會幫你吧？」

「嗝——」

「不是吧？」景奕宸有些驚訝地望著將軍，雖然他以前常常猜測為什麼將軍會找到自己，為什麼會留在自己身邊不離開，但從沒想過會是這個原因。

唐書瑤伸出右手點了點將軍的腦袋，感嘆道：「真不愧是將軍啊。」說完輕輕笑起來。

自從那一日聊過之後，景奕宸發現今日唐書瑤知道了他的身分，對他仍是沒有改變態度，也不畏懼，這讓他感覺很自在。

陸陸續續下了好幾日的大雪終於停了，這場雪從小年一直下到了現在，而唐書瑤他們家鋪子也在小年那日就關門回家了。此時已經是臘月三十，但習慣了早起，天剛剛亮，唐書瑤他們就早早地起來。

唐文昊領著弟弟、妹妹在門口貼對聯，唐書瑤望著對聯上的字，誇讚道：「哥，你這字寫得真不錯！」

一旁的唐文博也跟著搖頭晃腦地說道：「不錯不錯，甚是好看。」

唐書瑤和唐文昊面面相覷，齊齊笑起來。

唐文博不解地轉過身問道：「怎麼了？你們笑什麼啊？」說著還撓撓腦袋，表情更加困惑，看起來很是逗趣。

唐書瑤努力憋住笑，一本正經地解釋道：「我們沒笑什麼，只是沒想到小弟你越來越聰明了。」

「啊！這有什麼？我不是一直很聰明嗎？」說著唐文博雙手抱胸，揚著腦袋理所當然地說道。

「哈哈哈！」唐書瑤和唐文昊沒忍住，最終笑了出來。

她發現小弟的表情，真的是太搞笑了！

此時馬氏站在門口喊道：「貼完了就趕緊進來，這麼冷可別凍著了。」

「好。」三人異口同聲回道。

吃過早飯，馬氏帶著唐書瑤還有興隆一起包餃子，開始準備豐盛的年夜飯。這是唐書瑤在這裡過的第一個年，有家人陪著她，這也讓她對這裡的歸屬感更加強烈。

雖然一開始面臨被分出去的窘境，不過看到爹娘的改變，看到這半年來他們一家人一起努力的成果，這也讓唐書瑤增添了希望。

興旺在院子裡掃雪，唐禮義看著大兒子問道：「你們這個考試是什麼時候？」

「爹您說的是縣試嗎？」

「大概就是那個吧，我看每年也就過了十五那會兒，那些年輕人都跑去縣裡，參加那什麼考試，你是不是也要去？」唐禮義扭過頭瞅著大兒子說道。

唐文昊解釋道：「爹，我哪有那麼快就能去考試啊？我……我現在還沒有把握。」說完他似有些慚愧，低下頭來。

唐禮義拍了拍大兒子的後背，其實他不是想難為大兒子，只是前些日子碰到縣令公子，見他滿臉喜意地跟自己說要去參加那什麼考試，才想著問問文昊。

唐禮義說：「現在沒有把握，那就努力有把握，爹等著你去參加縣試，給爹考個狀元回來！哈哈哈！」

爹到底知不知道這縣試跟狀元是兩碼事啊？唐文昊一臉無奈地抬起頭，只是看著爹笑得這麼高興，最終他也沒有開口解釋，只是在心裡暗暗地發誓，明年一定要去考縣試。

下午馬氏殺了院子裡的一隻公雞燉上，提前幾日買的魚也煮上，不知不覺天漸漸黑了。

唐禮義掃視著桌子上的菜，又望著家裡人，還有興隆、興旺和洗硯，感嘆道：「今兒是好日子，孩子他娘、瑤瑤還有興隆都辛苦了。」

「東家客氣了，你們能讓我們夫妻坐在這裡，真的是太感謝你們。」興旺趕緊替媳婦回道，他們夫妻二人本是東家小姐買來的下人，如今東家良善，不讓他們守那些下人的規矩，待他們也和善，甚至讓他們和東家坐在一起吃飯，他們內心充滿了感激。

洗硯看看公子的臉，見公子沒有什麼表示，臉上有一點緊張，睜著大眼睛看著大家。漂泊了這麼久，這是他第一次正經地過年，以前他一直擔心倘若被賣了出去，會有什麼樣的生活，會不會挨打，會不會吃不飽飯。

可自從被小姐買了以後，跟了公子，他每日只需要陪著公子一起去學堂，照顧好公子的起居就好。而且公子人真的很好，從不訓斥自己，還會教自己認字，能有現在的好生活，是他作夢都想不到的。

唐文昊看著自己的書僮傻樂著，不由得扶額。明明洗硯剛開始來到家裡的時候不是這個樣子，怎麼現在變成這副模樣？內心不由得無奈地嘆了一口氣。

唐書瑤他們邊聊邊吃，一直到亥時，看著唐文博接連打哈欠，馬氏說道：「文博趕緊回屋歇著吧，都睏成這樣了。」

「娘，我還想守夜，我不睏，真的！」說著唐文博努力睜大眼睛，很誠懇地盯著娘親看。

馬氏笑道：「行行行，剛才娘說錯了，你不睏，既然這樣你來刷碗？」

「啊？」唐文博看看興隆，又看看娘，滿臉茫然地望著她們。

一旁的興隆也在努力憋笑，沒想到東家小少爺竟然當真了，眼看著小少爺真要端起盤子，興隆趕緊接過來勸道：「小少爺您還是繼續在這裡守夜吧，這些交給我來做。」

唐文博呆呆地點了點頭，回頭看看姊姊還有娘親的臉，這才反應過來，原來娘剛才是在開玩笑，噘了噘嘴，倒是沒有說什麼。

唐書瑤發現小弟他有時候特別聰明，有時候卻特別糊塗，不過糊塗的小模樣倒是很招人稀罕，加上他肉乎乎的臉，莫名就讓她想掐兩下。

坐在唐書瑤對面的唐文博，此時下意識地打了一個寒顫，突然感覺渾身涼颼颼地，就像是有什麼東西在暗處盯著他，怪令人害怕的。

另一邊鎮上的小院裡，整個院子靜悄悄的，除了幾個在巡邏的侍衛，其他人早已回屋睡覺。

王公公走上二樓，一眼就看到殿下站在窗邊望著對面，他搖了搖頭，嘆了一口氣，明明是喜慶的日子，可惜殿下他卻……

「什麼事？」景奕宸聽到聲音回過頭來，見是王公公問道。

王公公走上前憂心忡忡地說道：「殿下，這麼冷的天您開著窗戶，若是凍壞了可怎麼辦？老奴知道殿下心裡苦，可是您不能這樣蹧踐自己的身子啊！快把窗戶關上吧！」

景奕宸淡淡地說道：「本宮不冷，亦不覺得心裡苦。就像那個人說的，活著是為了自己，不是為了別人，這世上總有自己存在的意義，沒有必要為了不在乎自己的人活。」

王公公不解地問道：「殿下說的那個人是誰？」

想到那個人，景奕宸的嘴角微微一勾。「有這樣一個人存在。」說完他轉過身去。見殿下確實無難過的情緒，王公公倒是沒有繼續追問那個人是誰，而是轉身離開。

景奕宸看著站在書案上的將軍，問道：「你說她這時候是在做什麼？守夜嗎？」

「嗝嗝——」

「應該很高興吧，跟家人一起。」

「嗝——嗝——」

「也不知某人還記不記得本宮自己一個人在這裡。」

「嗝——」

第三十三章

翌日一早，唐書瑤就被窗外傳來的啁啁聲音吵醒，打開窗戶一看，果然是將軍。

唐書瑤伸出手點了點對方的腦袋，指責道：「是不是你主人讓你過來的？大清早的擾人清夢很不道德知不知道！真是！」

「啁啁——」

「你以為你叫，我就原諒你了嗎？我現在有起床氣，現在只想將你關在外面！」說完唐書瑤就準備關上窗戶，將軍瞬間飛進來站在桌子上。

「啁——」

唐書瑤抿了抿唇。「很好！真是太好了！」這個將軍也太機靈了，成功地讓她的睏意沒了，她走到桌子旁邊給自己倒了一杯水喝。

正喝水的唐書瑤就感覺自己左胳膊有異樣的感覺，低頭一看原來將軍將牠的腦袋湊過來，瞧著牠這副模樣，她的起床氣也沒了，仔細觀察了一眼，果然帶了紙條，便從牠的腳上取下了紙條。

是景奕宸給自己拜年，自從回到家裡，她幾乎把這個人給忘了，要不是將軍突然飛過來，她都不記得對方是一個人在這裡過年。想到對方這麼多年在宮裡小心翼翼，在他父皇重病的時候，就被母后連夜趕出皇城安城，唐書瑤的心裡稍稍有一點同情對方。

望著手上的紙條，難得對方還想到要跟自己拜年，唐書瑤想了想，乾脆也給對方回了一個新年祝福，將紙條綁在將軍的腳上，輕輕地拍了拍牠的腦袋說道：「回去吧，給你家主子送去。」

「啁——」

唐書瑤打開窗戶，將軍徑直朝天空飛去。

「姊，妳是放走了一隻鷹嗎？」唐文博從窗戶外面露出腦袋疑惑道。

「嚇我一跳。」說這話的時候，唐書瑤捂著自己的心臟向後退了一步。「你怎麼在這裡？」

「姊，剛才那個是鷹吧？我沒看錯吧？牠怎麼從妳屋子裡飛出來了？」唐文博好奇地問道。

「呵……呵呵呵……」唐書瑤尷尬地笑著。這讓她怎麼解釋呢？還被抓個現行，話說昨晚小弟不是很晚才睡嗎？怎麼會起這麼早？上回似乎也是如此，這小傢伙真是會挑時間找她！

唐書瑤咬著嘴唇，糾結著該如何解釋，隨即便反應過來今日是大年初一，得去拜年，趕緊推著唐文博回到他自己的屋子說道：「今兒可是大年初一，你還沒跟我拜年呢，趕緊穿上新衣服，給爹娘拜年去。」

說完唐書瑤也回到自己的屋子換好衣服，再出來就看到站在門口的唐文博。

唐文博笑咪咪地說道：「姊，新年好啊，祝妳越來越漂亮。」

唐書瑤一聽就笑起來，這張嘴真是越來越會討女孩子喜歡，掏出一個紅包遞過去。見了紅包，唐文博便把將軍的事拋諸腦後，接著兩人一起朝堂屋走去。

剛進堂屋，兩人就看到爹娘坐在那裡嘮嗑，姊弟倆高高興興地走過去拜年，唐禮義和馬氏看了，哈哈大笑起來，這個年他們過得很高興。唐書瑤看爹娘拿了兩個大紅包出來，也不由得喜氣洋洋地笑了，這是她在這裡第一次收到紅包，也是隔了許久才收到的第一個紅包。

馬氏見著女兒兩眼發光的模樣，摸了摸她的小腦袋，這時唐文昊走進堂屋。

唐文博眼尖地看見唐文昊走過來，像小鹿一樣直衝過去，抱住對方的身子拜年道：「大哥新年好，祝你心想事成，萬事如意，早日考上狀元。」

唐文昊挑了挑眉，看著掛在自己身上的小弟，笑著從衣袖裡拿出一個紅包，見妹妹也過來拜年，也順手遞給她一個。

等興隆與興旺向他們拜過年後，唐禮義帶著一家人去大房那裡拜年。

剛走到大房門口，就看到二伯帶著唐書蘭走過來，在這種時候二嫂沒有出來，唐禮義就知道應該是大夫的囑咐，向二哥拜年後，他們一起走進堂屋。

走在後面的唐書瑤看著唐書蘭問道：「二伯母現在怎麼樣？」

「我娘她很好，本來她也想出來，只是這幾日她有點犯嘔吐，我爹就讓她在家裡待著。書瑤，上次的事情，真的是要多謝你們。」唐書蘭誠懇地說道。

唐書瑤看著對方的臉色，似乎這次二伯母有喜後，也將三姊的稜角磨平了很多，從前還沒分家的時候，三姊整個人有些陰鬱，像一顆黑暗的小辣椒，分家之後倒是變得開朗許多，不過去掉了黑暗，還是一顆小辣椒。

如今，小辣椒終於變得不再是小辣椒，穩重、溫婉、陽光這些特質在她身上展現，倒是比從前更有魅力。

一進堂屋，唐書瑤就看到所有人都在這裡，見大伯母也難得喜氣洋洋地坐在椅子上，沒有之前的瘋態，她暗暗感嘆道：真的是在過年啊！

初一到長輩家裡拜年，也不會待得太久，在大房這裡待了兩刻鐘的時間，他們又去了四叔公和五叔公那裡，繞了村子一圈這才回去。

坐在家裡的時候，唐禮義看著家裡人說道：「今年咱們把這屋子重新翻蓋一遍，蓋成青磚大瓦房。」

此話一出，唐書瑤他們不解地看著爹。其實今年她準備鋪子到期後，就搬到縣城去開業，這樣大哥也方便很多，去年那會兒選在鎮上，也是因為家裡錢不多，還要讓大哥去學堂，只得在鎮上開鋪子。

如今生意賺了很多錢，也有能力去縣城拚一把，這個想法唐書瑤是打算在租鋪子到期時才說的，沒想到爹先提出來要蓋屋子。

本來，他們可以在縣城買下一間鋪子，若是家裡蓋屋子的話，恐怕就不夠了，只是這事畢竟是爹爹提出來的，唐書瑤也不好反駁。

唐禮義見著大家都看著他，這才說道：「今兒帶著你們去了四叔公家裡拜年，你們也看見了他們家的屋子，是青磚，屋子也比咱們屋裡還要暖和，就算咱們在屋裡多放些炭，也不像人家屋裡那麼溫暖，爹這一路上就在想，咱家是不是也應該重新翻蓋？現在決定了，等開春就翻蓋！」

說完唐禮義看著馬氏，似是在等她的意見，馬氏聽完孩子他爹說的話，要說剛才去四叔公家裡，那青磚大瓦房確實是好，整個村裡都不超過五家，又想著這半年來家裡賺的錢確實也足夠。

放下嘴邊的花生，馬氏看著孩子他爹說道：「行，那咱家就蓋！」

唐文博頓時從座位上跳起來歡呼。「我也能住上青磚大瓦房啦，太好啦！」

看著家人臉上的笑容，唐書瑤最終還是按下了自己的想法，即便不能去縣城買鋪子，也可以先像現在這樣租鋪子，就算以後搬到縣城，也可以將這裡當成祖宅，蓋好點也不錯，想清楚這些後她也露出笑容。

翌日，唐書瑤和唐文博在院子裡餵馬的時候，就見到一對夫妻領著一男一女兩個孩子走進來，男的兩鬢斑白，約莫有四十歲以上，女的估計有二十五歲以上，兩個孩子看起來跟自己差不多大。

唐書瑤走過來問道：「請問你們是誰？來我家做什麼？」

周氏一看這個水靈靈的姑娘，越發相信自己聽到的那個消息，瞧瞧連個女娃都養得這麼好，可見她這個繼女是真的發達了。她樂道：「哎喲，這可真是大水沖了龍王廟，自家人不認識自家人，我是妳外祖母啊，妳叫……」

唐書瑤當即皺起眉頭，她早就聽她娘說過，外祖母很早就離世了，看著眼前這個眼裡閃著光的女人，若不是騙子，就是那個後來嫁給她外公的那個女人。

想到這裡唐書瑤的臉色一黑，張嘴就想攆他們出去，此時馬氏走出來臉色難看地說道：「你們怎麼來了？」

周氏看見繼女，嘴角的笑容深了深。「文賢啊，沒想到外孫女都長這麼大了，妳自從成婚以後也沒回過家，妳爹都想妳了，這不我們就過來看看妳。」

馬氏聽她親暱的話就噁心，立刻走出來轟道：「出去出去！我不認識你們，趕緊給我出去，別在我們家待著，給我出去！」

周氏面色不改地說道：「文賢啊，怎麼生疏了，連自己爹都認不出來了？」

說著又湊近馬氏的耳旁小聲說道：「妳這孩子還是這麼暴躁，現在可不是當年了，當年妳有個不在乎妳名聲的女婿想娶妳，妳可以嫁得遠遠的，但是妳看看站在院子裡的孩子，再過幾年，妳的兒女都要成婚了吧？妳說若是傳出有個將自己親生爹攆出去的娘，他們還能有好婚事嗎？難道妳也要他們像妳一樣，嫁得遠遠的嗎？那妳的兒子怎麼辦？」

馬氏回頭望了一眼自己的兒子和女兒，臉上有些挫敗，皮笑肉不笑地向繼母說道：「妳究竟想幹麼？這麼多年你們一直沒有過來，為什麼現在找過來？」

周氏意味深長地看了繼女一眼，悠悠地說道：「文賢啊，妳這直腸子怎麼還不改？現在是不是該請我們進去坐坐了？這可是過年，我要是在外面大喊一聲，大概會有很多人出來看熱鬧吧？」

馬氏氣得額頭上的青筋直跳，半晌才側過身子讓他們進去，看著爹看都不看她一眼，卻縱容繼母來自己家裡，這下馬氏心底對父親最後一絲親情也沒了。

明明桃花村和梨花村隔了一個縣的距離，他們還能聽到自家做生意賺錢的事情找上門，馬氏在心裡深深地嘆了一口氣。

馬雲東和馬雲南姊弟倆從唐書瑤他們身邊路過時，唐書瑤不經意地伸出腳絆了他們一下。她將那個女人和娘親之間的話聽得一清二楚，果然是外公和繼外祖母一家，來到這裡想必是因為聽說自家在鎮上做生意賺錢的事情，這才千里迢迢地趕過來，就是為了錢。

娘是為了大哥還有自己的名聲，才讓他們進門，但是不代表她會放過他們，曾經他們欺負她娘，如今還想到自家要錢，唐書瑤只想好好教訓他們一頓。

「哎喲！」馬雲東和馬雲南齊齊摔倒，大聲慘叫。

周氏回頭一看，就看到兒子和女兒摔倒在地上，著急地跑到自己兒子面前扶起他問道：「兒子，怎麼樣？沒事吧？摔到哪裡了？讓娘看看。」

「娘，好疼！」剛剛被扶起來的馬雲東看到站在那裡的唐書瑤，指著她喊道：「娘，就是她剛才故意伸出腳，絆了我們一跤，娘，您快去打她！」

周氏一聽，揚起手就想打唐書瑤，唐書瑤伸手箝制住對方的手腕，此時馬氏跑過來，怒斥道：「妳要是敢打下去，這名聲我也不要了，今兒你們也別想進我們家門！」

唐書瑤另一隻手拍了拍娘親的後背，歪過頭看著周氏母子說道：「你們這樣指責是不對的，你們有什麼證據我伸了腳？沒有證據就不要亂說話，不然讓我們村子裡的人評評理，這繼母特意上門誣陷，不知道有誰能相信？」

「妳、妳！妳們……很好！」周氏想到自己的目的，拚命壓下怒氣，扯回自己的胳膊，冷哼一聲朝屋裡走去。

馬氏恨恨地看了他們一眼，回過頭小聲地訓斥女兒。「娘好不容易忍住，沒有爆發出來，妳這孩子怎麼這麼不懂事？萬一他們壞了妳的名聲，娘可怎麼辦啊？」

唐書瑤挽著娘親的胳膊安慰道：「娘，您放心好了，我絕不會讓他們得逞的，不管是名聲，還是錢，都不會讓他們得逞。」

說著唐書瑤在心裡想著，既然繼外祖母想拿名聲這件事拿捏他們，倒不如先讓他們壞了名聲。其實她並不在意這些，只是大哥還要考科舉，若是名聲壞了，也會影響到他。

他們一進屋子，就見到外公等人沒有形象地坐在椅子上吃花生、嗑瓜子。

周氏邊吃邊說道：「文賢啊，妳爹都過來看妳了，怎麼不拿點好吃的過來？真是越來越沒有規矩了，趕緊弄點吃的啊！我們趕路趕了這麼久，都餓壞了。」

唐禮義聽到動靜進屋，看到這些人臉一黑，呵斥道：「岳父真是不請自來，當年您忘了您說過的話了嗎？」

馬有才老臉一紅，張了張嘴剛想說話，周氏打斷道：「女婿，你這說的什麼話？咱們可都是一家人，文賢和她爹可是打斷骨頭連著筋，這父女關係怎麼能說斷就斷？再說我們都趕那麼遠的路來看你們，你怎麼能這麼說話呢！」

「你們究竟想幹麼？」唐禮義質問道。

第三十四章

周氏這才放下手中的花生說道：「女婿啊，不是我說你，我們可是趕了很遠的路才來到這裡，怎麼著也得吃頓飯，歇息歇息才行吧？你看看趕緊找幾間屋子讓我們歇歇，讓那個誰？對，就是這個外孫女給我們做頓飯。」

馬氏聽到繼母使喚自己女兒，實在是沒忍住上前說道：「我們家院子小，只能擠出一間屋子，愛住不住，不住就走，在這裡別想使喚我們，大不了咱們就破罐子破摔。我告訴妳，妳要是給我逼急了，我可不在乎什麼名聲，反正我兒子、女兒都長得這麼好看，我就不信還沒有人要了！」

周氏被馬氏的氣勢嚇了一跳，暗自嚥了一下口水，看出她真有那個心思，周氏尷尬地扯了扯笑容說道：「別這麼生氣，我和妳爹走了這麼遠的路，總得讓人歇歇吧？」

其實周氏也知道想要管她這個繼女要一筆錢很難，但只要他們一家人留在這裡，一直住著，到時候他們肯定會受不了，說不定還會主動給自己錢讓他們離開。就是最後沒要著錢，他們一家四口在這裡白吃白喝也是占了不少便宜，眼下她這個繼女想要撕破臉，她自然得放低一下姿態，不好惹得太過。

就在此時唐文昊走進堂屋，看到屋裡幾個陌生人，微微蹙眉不解。

馬雲南看到走進屋裡的唐文昊，雙眼一下子亮起來，她沒想到這個男的長得這麼好看，趕緊放下手上的花生，整了整頭髮。她小步走過來，語氣溫柔地問道：「不知這位公子叫什麼？」

唐文昊看著眼前離他很近的人，皺起眉，趕緊後退一步，輕咳一聲，有禮地回道：「我是唐文昊。」

「文昊啊，你的名字真好聽。」馬雲南花癡地說道。

注意到那個叫馬雲南女孩的神情，唐書瑤抽了抽嘴角，是她不了解這個世界，還是那個人太奇怪，這表現得未免太主動了吧？然後同情地看了一眼唐文昊。

唐禮義蹙眉，臉色難看地說道：「文昊過來。」又轉過頭看著岳父他們說道：「院子小，只有一間屋子給你們住，不想住可以離開。」

「住，能住。」周氏趕緊接話道。

說完他們跟著唐禮義出去，本來這個小院沒有多餘的屋子，後來家裡來了興隆、興旺還有洗硯後，又蓋了三間屋子，興隆和興旺一間，洗硯自己一間，剛好剩下一間。

唐書瑤他們也跟著走出去，剛走到門口，她拉著旁邊的唐文博，在他耳邊叮囑道：「小弟，現在交給你一個重任，這幾日你要時時刻刻跟在大哥身邊，大哥的安全現在就要靠你了，記得不？」

唐文博心領神會，昂起腦袋拍了拍胸口，認真回道：「姊，妳放心，我會保護大哥的清白，不讓他被人……」

唐書瑤拍了一下他的腦袋，打斷他的話，真是小小年紀什麼都懂。

「姊，妳幹麼打我，難道我說得不對嗎？」唐文博抬起頭委屈地說道。

唐書瑤笑笑。「你說得對，但你不要說出來啊，自己明白就好！」

唐文博噘了噘嘴，看著姊姊的臉色，最終沒有開口反駁。

待他們都回屋子休息，唐書瑤悄悄到院子裡走走，順道聽外公他們在屋裡說什麼。

此時馬雲南說道：「娘，那個男的可真好看，您讓我嫁給他唄？」

半晌後裡面傳出那個繼外祖母的聲音。「那個叫文昊的確實不錯，妳的話娘再考慮考慮，咱們這次是為了錢，妳不要擾亂娘的事。」

「可是娘，若是我嫁給他的話，那他家的錢就是我的，到時候我就可以把錢都拿給您和爹用，娘您說好不好啊？」

「呵，妳把錢拿給我和妳爹花？這話也就說說，還想糊弄妳老娘，妳那點把戲娘還不知道啊，就妳剛才看人家那眼神，恨不得將人給吃了，被人家迷得失魂，還能把錢拿出來給我和妳爹用嗎？」

「娘，您怎麼能不相信我呢？我怎麼說都是您的女兒，肯定是向著您啊！娘您就幫幫我吧，只要我嫁給了文昊，肯定會幫您把錢拿出來的，娘，好不好啊？」

「不行不行，妳別在我跟前囉嗦，文賢那個死丫頭肯定不會同意，不要白費力氣，妳就老老實實地待在這裡好好大吃一頓。雲南我警告妳啊，不許破壞我的事，要不然……」

就在這時傳出一道公鴨嗓子的聲音，唐書瑤估計應該是那個馬雲東。

「娘，您可別答應妳，她說不定還會幫著那個臭小子拿咱們家的錢，不是說嫁出去的女兒潑出去的水嗎？娘您可千萬別相信她，不能答應她。」

「我的乖兒子，娘肯定聽你的，娘不答應你姊，以後我們家都是我乖兒子的。哎喲，剛才有沒有摔疼？快讓娘看看，等有機會娘好好收拾那個死丫頭！」

馬雲東聽著娘親的話，得意洋洋地看著姊姊，接著聽到娘關心自己的身體，臉色一變，不滿道：「娘您什麼時候教訓那個死丫頭，我根本沒有看錯，就是那個死丫頭故意伸腳絆倒我們，那個小賤人！」

「乖兒子放心，娘肯定找機會給你報仇，一會兒娘就出去讓那個死丫頭給咱們做飯吃，要是做得不好吃，娘就抽她，給我乖兒子出氣。」

「謝謝娘。」

唐書瑤無語地翻了一個白眼。真不愧是一家人，還想讓她做飯？想得美！

就在這時，從裡面傳出腳步聲，唐書瑤快速躲起來，就看到馬雲南從屋子裡臉色難看地走出來。只見她不甘心地望著大哥的屋子，也不知道在想什麼，隨即朝著大哥的屋子走去。

唐書瑤緊跟上前阻攔道：「妳想做什麼？」

「我做什麼跟妳有什麼關係？起開！」馬雲南臉色一變，壯著膽子呵斥。

唐書瑤看著對方假裝鎮定，但時不時地摸著自己的衣袖，瞧著對方的神態不對，她快速伸出手扯開對方的衣袖，掉出來一個白色瓶子。

馬雲南心一緊，趕緊蹲下想要撿瓶子，可惜被唐書瑤率先拿到。

唐書瑤臉一黑，不用想都知道這個白瓶子裝的不是什麼好東西，沒想到他們準備得這麼齊全，連藥都準備好了。她呵斥道：「這究竟是什麼？妳要是不說，就讓所有人過來看看，順便找個大夫過來辨認一番。」

馬雲南神色有些緊張，想要伸手奪過瓶子，可是力氣沒有她大，幾次三番都沒有成功，額頭也微微冒了汗，試探道：「我要是說了，妳別告訴文昊行嗎？」

「說，要麼現在說，要麼當著大夥兒的面說，妳自己選一個。」

這事不光彩，馬雲南害怕被文昊知道這件事後厭惡，此時心裡害怕極了，手心都是汗，腦子也成了一團漿糊，實在想不出什麼好主意，一咬牙說道：「是蒙汗藥，我看到我娘偷偷買的，她藏起來被我偷出來，我什麼都沒想做，真的，妳將這東西還給我好嗎？」

說著，馬雲南想趁唐書瑤不注意快速搶過來，只可惜被打暈了。

唐書瑤真的是沒想到他們竟然連蒙汗藥都準備好了，她原以為他們單純地想要過來要錢，是她把人心想得太簡單了。如果她沒有猜錯的話，這個馬雲南恐怕是想利用這個藥，跟她哥成就好事。

一想到自己若沒有因為擔心而出來偷聽，唐文昊可能就會中招，唐書瑤心裡的怒氣直直上漲。她看著躺在地上的女子，眼神閃了閃，隨即將馬雲南搬到自己的屋裡，並把自己拜年時戴在頭上的銀簪子戴在對方頭上，打開屋門，才將對方拍醒。

眼看著馬雲南眼皮動了動，似要醒過來，唐書瑤趕緊大喊道：「來人啊，有人偷東西了！快來人啊！」

很快所有人都跑過來，一進屋子就看到唐書瑤和馬雲南坐在地上。唐書瑤立刻指著馬雲南說道：「她偷了我的簪子，她是小偷，娘咱們把她送進官府！」

馬雲南剛剛清醒過來就聽到唐書瑤的話，反駁道：「妳胡說什麼？明明是妳打暈了我，我醒來就躺在這裡，剛剛我還在院子裡，是妳故意陷害我！」

周氏本來被女兒頭上戴的銀簪子迷了眼，回過神來也跟著說道：「你們是不是想要誣賴人？我們雲南哪能偷妳什麼東西，這銀簪子本就是我們的，妳可別胡說啊。」

見著周氏想要將計就計，將那根銀簪子據為己有，唐書瑤嘴角一勾。

這些貪婪的人，果真入甕了。昨日她可是戴著這根娘親給她買的銀簪子到處拜年，所有人見到這銀簪子都上來詢問，畢竟村裡面能戴得起銀器不超過三人，因此所有人都知道她有一根銀簪子。

馬氏見到有人偷自己閨女的東西，氣都不打一處來，上前扶著自己閨女怒斥道：「你們真是夠了！妳女兒頭上戴的是我給我閨女買的銀簪子，要不是現在過年，我還真想將你們送進官府！」

周氏一聽官府兩字，身體下意識一抖，很快反應過來現在官府都關門了，轉而大聲道：「文賢啊，妳這話說得難聽了，這明明是我閨女的銀簪子，硬要說成是你們的，我可是妳的長輩，妳現在也太不把我放在眼裡了吧？」

看著周氏越發堅定想要認下那根銀簪子，唐書瑤小聲跟唐文博交代，讓他去村長家把村長找來，最好弄得動靜大點，讓整個村子的人都知道，好讓他們也過來湊湊熱鬧。

唐文博一聽姊姊的吩咐，立刻竄出去跑到村長家，雖然現在是過年期間，衙門沒人，但也正是因為過年，大家聚在一起也是說說閒話，有現成的熱鬧看，當然忍不住會湊個熱鬧，於是陸陸續續一些村民都來到了唐書瑤家裡。

此時，周氏和馬氏吵得很激烈，唐書瑤看著人越來越多，終於等到了村長走來，趕緊上前迎道：「村長爺爺，辛苦您跑這一趟了。」

李多福看著這個小丫頭眼睛一亮。以前還沒看出來，可能這幾年長大了，比之前白淨多了，還長得怪好看的。唐老三倒是挺有福氣，三個孩子一個個都這麼好看。

聽著書瑤丫頭的話，李多福笑呵呵地說道：「什麼辛苦不辛苦？都是為了咱們桃花村。」一走進屋子，他一眼見到兩個婦人在激烈地爭吵，這聲音吵得他有些頭疼，他呵斥一聲。「吵什麼？」

馬氏回頭一看是村長來了，趕緊閉嘴，周氏看著那個人一來，周圍人都安靜下來，也下意識地閉了嘴。

李多福問道：「這怎麼回事？誰能給我說說？」

馬氏趕緊走過來說道：「那人是我繼母，那是她的女兒，這次她們來我家，偷了我女兒的銀簪子，現在不承認不說，還想將那銀簪子據為己有，你們瞧瞧那女孩頭上的銀簪子，是不是我們瑤瑤昨日去拜年時戴的？」

人群中有人說道：「沒錯！就是那根，這人怎麼還偷東西啊！」

「是啊，書瑤那丫頭戴上銀簪子可好看咧，我還特意上前仔細瞅了瞅，就是那根！」

「沒錯，你一說，我也想起來了，就是那根！」

周氏一聽周圍人的話，頓時慌了神，不過很快鎮定下來，反駁道：「銀簪子都一個樣，你們怎麼知道這就是她的？我們雲南也有一根銀簪子啊，你們是不是想把我們的當成你們的，想要欺壓我們外村人啊！」

「這……」其他人面面相覷，不知如何開口。

唐書瑤上前道：「既然您以為我們說謊冤枉您，不如您說說是在哪裡買了這根銀簪子？又是花多少錢買的？讓我們聽聽您說的話，也能證明您是對的！」

「是啊是啊，妳倒是說說看！」周圍的人跟著附和道。

周氏臉色有些慌張，繼續反駁道：「那妳能說出來嗎？」

唐書瑤笑笑。「自然是可以的，但是我現在想問的是您能說出來嗎？還有您記得這根銀簪子它有什麼花紋嗎？買根銀簪可不容易，別說您忘了，您要是現在取下來看，那您就是偷我的銀簪子。這麼多人都在等著呢，您快說吧！」

第三十五章

周氏臉色不安地看著一屋子的人，張了張嘴，終是沒有說出話來。

唐書瑤看著對方的表現，看著周圍的鄉村父老說道：「各位長輩也都看見了，究竟是誰說謊，相信大家心裡都很明白，既然我的繼外祖母說不出來，那不如我來說說，也好還我的清白，倘若我說完之後，繼外祖母還想學我的話說一遍，那也是沒有用的哦。」

「對，說得對，她現在不說，要是在妳之後說，肯定是她撒謊！」

「書瑤丫頭說得對，我們已經給她機會了，她到現在都沒有說出來，就是在撒謊！」

眼看著大家都認同自己的話，唐書瑤繼續說道：「這根銀簪子是我陪著我娘一起去縣城的老李銀匠鋪買的，銀簪子花了十二兩銀子，而且內刻牡丹花紋路，所以價格稍稍貴了些。」

說著唐書瑤一把取下馬雲南頭上的銀簪子給附近的人看了看，大家看到上面的花紋，確定唐書瑤說得是對的。
李多福看到現在，也出來說句公道話。「大家都看到了，這根銀簪子確實是書瑤丫頭的，對於偷盜的罪，咱們村可是將人關入祠堂。」
「不行，你們不能關，我們不是桃花村的，你們不能關我們！」周氏激動地大喊道。
「那妳們是哪裡的？不要留在我們村，現在趕緊離開！」李多福怒斥道。
一直沈默的馬有才推開人群大步離開，眼見著當家的都走了，周氏更害怕了，趕緊拽著自己的兒子跑出去，馬雲南看著爹娘不管自己就離開，心裡有些怨恨，臨走前恨恨地看了一眼唐書瑤。
因為唐書瑤發現她做的事，加上娘進屋後一直不許自己說話，想要將銀簪子據為己有，所以她一直沒敢說話，沒想到事情的發展會變成這樣。
眼見著沒有熱鬧看了，眾人這才紛紛離開，不過有幾個人回頭多看了幾眼唐書瑤手中的銀簪子，而此時大家八卦的事情也從剛才偷盜的事，變成了銀簪子本身。
沒有買過銀簪子的人都沒有想到這玩意兒會這麼貴，心裡對於唐老三家的富裕更是有了清醒的認知，真的是發達了，連在閨女身上都這麼捨得花錢。

唐禮義走上前對著村長感謝道：「真是麻煩您了，家裡出了點亂子，多謝您！」

「誰家還沒有糟心事？不過我今日也得給你們提個醒啊，都說財不露白，今日你們可是露白了，今後啊，注意點！」

「謝謝您，謝謝，我們會注意的。」唐禮義感激道。

李多福拍了拍唐老三的肩膀，說道：「不過你們今兒做得對，這要是不說出來，沒準銀簪子也沒了，還得受氣。行了，大過年的，我也趕緊回去了。」

唐禮義送村長出去，馬氏鬆了一口氣說道：「總算是走了！」

唐書瑤看著娘親笑了笑，她也算是沒有白費心思。

自從初二繼外祖母他們走了後，家裡一直很平靜，偶爾也會去大房、二房那裡串個門，唐書瑤以為一直到十五，家裡都會這樣安安靜靜地過著，沒想到中途這寧靜就被打破了。

一輛馬車緩緩地駛進桃花村，裴嘉哲掀開簾布，望著遠處唐家的院子，嘴角露出笑意。

這次因為表妹的事，他們之前只在外祖母這裡待了一日就回去了，也沒有機會來唐書瑤這裡看看，今日他總算逮著機會，威脅順才駕著馬車跑來，一想到很快就能見到唐書瑤，裴嘉哲的心情也變好了很多。

他催促道：「順才，你趕馬車趕快點！」

「少爺，這裡可是雪地，路不好趕啊，您急什麼呢！」順才無奈地說道，想到回去之後夫人就會指責自己，說不定還會挨板子，他就一臉沮喪。他覺得少爺一直不是很喜歡自己，肯定不會為他說情。

終於到了唐書瑤家門口，裴嘉哲迫不及待地跳下馬車，理了理自己的頭髮，手上提著準備的東西走進去，順才跟在身後牽好馬車。

馬氏剛走出門口，一眼見到縣令公子提著東西上門，不解道：「這是？」

裴嘉哲趕緊上前說道：「給伯母拜年了，這是在下的小小心意，請您笑納。」說著，他將手裡的東西遞過去。

馬氏看著裴嘉哲說話文謅謅的，愣了一下，瞧著手上的東西才反應過來，原來是上門拜年，想到大兒子跟對方在一個學堂，問道：「是來看文昊的吧？」

裴嘉哲臉上的笑容一僵，硬著頭皮回道：「是是。」

站在他後面的順才，沒忍住笑了出來，馬氏看著對方偷樂，不解地問道：「怎麼，笑什麼呢這是？」

裴嘉哲回頭瞪了一眼順才，扭過頭解釋道：「伯母您別管他，他不知道想什麼呢就樂了。」

馬氏點點頭，隨即喊了一聲大兒子的名字，過沒一會兒，唐文昊便從屋裡出來了，見兒子招待對方，她就轉身回了自己的屋子。

一直陪著唐文昊，始終不見唐書瑤出來，裴嘉哲有些心不在焉。

看出對方在走神，唐文昊問道：「裴兄這是在想什麼呢？難道裴兄不是來看我的嗎？」說到最後，他的語氣變得危險起來。

裴嘉哲回過神看到對方的臉色，趕緊否認。

此時鎮上的小院裡，景奕宸聽著屬下的稟報，心裡有些悶悶不樂，這些日子自己一個人在這裡待著，某人卻玩得不亦樂乎，還有那個姓裴的，跟某人關係那麼好，還跑到她家裡去。

修末抬頭瞄了一眼殿下，這段日子殿下讓自己去監視對面那家人的情況，他還以為對面那家人有什麼不對勁的地方，虧他仔細探查了一番，也沒查到什麼不對之處。

而且每次殿下聽他稟報的時候，說到唐家其他人時，殿下都不怎麼在意，唯獨到唐書瑤的時候，殿下的臉色便會嚴肅了幾分，若他還傻兮兮地相信殿下是以為對面那家人不對勁，他就真是個蠢蛋！

「收拾馬車，去桃花村。」景奕宸吩咐道。

修末不可置信地抬起頭看著殿下，張了張嘴，最終還是低下頭回道：「是，殿下。」

修末隨即恭敬地退出屋門，讓人趕緊收拾一輛馬車，回頭望著二樓的殿下，心裡不禁暗暗猜測殿下莫不是真的對那個唐書瑤……

思及此，他趕緊搖搖頭壓下自己的想法。殿下的事豈是他可以隨意猜測的？

景奕宸帶了兩個人，坐上了馬車去了唐書瑤家裡。

此時堂屋裡，馬氏看看這個景公子，又瞧瞧那個縣令公子，心裡暗自高興，這兩個人都長得滿好看啊，尤其那個景公子，一看就是世家公子，就是不太懂人情世故，這過年的，上門也不知道拿點東西。

景奕宸感受某人娘親的打量，下意識地挺直了後背，最後感受到對方有一絲不滿意，不禁有些迷茫。

修末看著對面的裴公子，想到就是他讓殿下改變了主意，親自來到這裡，不禁暗暗地打量對方。

馬氏輕咳一聲，說道：「這位景公子，你說你是來找我們書瑤的？」

「是的。」景奕宸回道。

裴嘉哲看著坐在對面的景公子，臉色有些難看，沒想到在他不知道的時候，有人跟他一樣發現了唐書瑤的特別，在這一刻，他心裡湧起強烈的危機感。

裴嘉哲一收扇子，淡淡地說道：「這過年過節的，上門拜訪也不知道拿點東西過來。」

此言一出，屋裡氣氛變得有些尷尬，景奕宸扭過頭看了一眼馬氏，見對方欲言又止地望著自己，又看到那個姓裴的不屑地看著自己，回頭瞥了一眼站著的手下。

修末臉色有些挫敗，低下頭不敢和殿下對視，而修譽沒明白殿下的意思，眼神直白地和殿下對視。

景奕宸扭過頭看著馬氏，誠懇地說道：「我忘了要買東西的事……」

「沒事沒事。」馬氏趕緊接話，她總覺得對方的身分不一般，也不敢讓對方說些什麼。

此時唐書瑤走進堂屋，看到坐在兩邊的景奕宸和裴嘉哲有些驚訝。

裴嘉哲見到唐書瑤過來，趕緊起來笑道：「我都來了半天，妳怎麼才出來？」

他刻意將聲音降低，聽起來他和唐書瑤的關係很好。

「也沒人跟我說你來了，我一直在屋裡躺著呢。」唐書瑤回道。

看著某人和那個姓裴的走那麼近，景奕宸眉頭一皺，起身走過去說道：「之前妳跟我說過想吃妳做的飯，就可以來找妳，現在我來了，妳還會給我做嗎？」

唐書瑤看著景奕宸，沒想到對方是因為這件事來的，之前他跟自己說起他的身世，又說自己一個人在外面過年，她看對方挺慘的，當時頭腦一熱就答應給他做頓好吃的，沒想到這會兒就找上門來了。眼下見他眼神似乎有些委屈，搭上那張冷清的模樣，心底不禁有些好笑。

「書瑤妳什麼時候答應他的？我怎麼不知道。」裴嘉哲不甘示弱地說道。

這話令唐書瑤隱隱有些不適，卻一時釐不清原因。

「我和她之間的事，你一個外人知道什麼？」景奕宸淡淡地說道，語氣從容，但話卻帶刺人。

「你！」裴嘉哲怒道。

眼看兩個人要吵起來，唐書瑤有些頭疼，說道：「好了好了，我現在就去給你做飯。」

「那我也要吃。」裴嘉哲帶著討好的笑容對著唐書瑤說道。

「不行！」景奕宸堅定地說道。

裴嘉哲眼神不善地盯著景奕宸，質問道：「書瑤可沒說不行，書瑤說不行我就不吃。」

說完，兩人同時盯著唐書瑤。

此時馬氏怒了，也不管兩人是不是身分高貴，走過來大聲道：「你們兩個趕緊走走走！誰都別想使喚我閨女，出去出去，我家不歡迎你們！」

眼見娘親出馬，唐書瑤鬆了一口氣，在心中高呼娘親威武，這兩人真是讓她頭皮發麻。

修譽看著這個婦人竟敢攆他們殿下，剛想拔劍就被一旁的修末按住。

修末低聲警告道：「你要是敢這麼做，殿下肯定是不會放過你的，兄弟不會騙你。」

修譽看著修末一臉認真，又見著殿下絲毫沒有生氣，半信半疑地將劍收了回去。

景奕宸和裴嘉哲被趕到唐書瑤家門外，兩人臉色難看地盯著對方，也是在這一刻，這兩人終於明白自己的心思。

一直以來，景奕宸對於唐書瑤都是好奇的，會忍不住下意識想要得知她的消息，但他並沒有明白這種心情代表著什麼，更沒有意識到自己特別在意唐書瑤的緣故，直到現在他才懂了他對唐書瑤是產生了感情。

一聽到有人跟書瑤的關係好，一聽到書瑤和另一個男的見面，他的心裡面會不舒服。之前他沒有當回事，直到此時此刻和姓裴的對視，他才了解到自己的內心對於唐書瑤是這樣的喜歡，喜歡到他容不得她關注其他男人，喜歡到他會時時刻刻想念對方。

他以為這段日子的思念，只是他孤獨的表現，原來不過是他自欺欺人罷了。

而此時的裴嘉哲心裡有些不舒服，他一直有一個感覺，但是始終都沒有想明白，但他知道他對唐書瑤是在乎的，是特別的，直到面前這個男人出現，看到有人跟自己爭唐書瑤，他的內心從沒有這麼清醒過，原來他對唐書瑤的在乎就是喜歡。

兩人深深地看了對方一眼，隨即轉身上了自己的馬車。

此時唐書瑤的屋子裡，馬氏笑呵呵地看著自己的女兒。

唐書瑤看著娘的笑容，不知怎地總覺得自己好像羊入虎口，下意識地打了一個寒顫。

「怎麼了瑤瑤，是不是凍著了？」馬氏看著女兒冷得哆嗦一下，趕緊走上前關心道。

「沒事沒事。」唐書瑤回道。

確認自己的女兒沒事，馬氏這才放下心來，樂道：「那妳跟娘說說，那兩人怎麼回事？那景公子妳怎麼認識的？」

「我也不知道啊。至於那景公子，是在咱們鋪子後院對面住的，當初賀老闆砸我們鋪子，他還派人幫過我們，還有娘記不記得有一日夜裡有黑衣人……」

馬氏聽了女兒的話，這才明白過來，不過看著閨女好像還不懂情愛一事，她便忍下了想要說出口的話。這世道對於女人來說，終歸是有些艱難的，倘若女兒早早地懂了這些事情，將來若不能嫁給喜歡的人，對她來說豈不是更痛苦？還不如這樣懵懵懂懂更好。

想到這裡馬氏放棄了要說的話，轉而說道：「過了十五咱們鋪子也要開起來了，上次我看妳說到蓋房子的事時臉色有些不對，是不是有什麼想說的？這幾日一直想著要跟妳說說，唉！娘總是轉過身就忘了，看來娘還是老了，這記性也不好使了……」

唐書瑤上前挽著娘的胳膊說道：「怎麼會，娘怎麼會老呢？娘是因為這段時間過年比較忙，人一忙啊，就容易忘事，我也是一樣呢。」

馬氏拍了拍女兒的手，說道：「那妳跟娘說，上次想說些什麼？」

唐書瑤抿了抿唇，說道：「嗯，其實我想去縣城開鋪子。」

第三十六章

馬氏一聽，轉過身來，問道：「縣城？」

「是啊。」唐書瑤點點頭，解釋道：「其實我是想，咱們這個鋪子租的日子到了，正好搬到縣城去開，若是能買下來一間鋪子更好。」

馬氏一聽，認真地想了想，說道：「妳是為了妳大哥吧？」

唐書瑤笑笑。「這都被娘猜出來了，主要縣城人也多，咱們掙得會更多啊。」

「說那麼多還不是為了妳大哥，我還不懂妳？」馬氏說著點了點女兒的額頭。

看著女兒的臉，馬氏說道：「妳別總為著他們想，也要多想想自己。雖是親人，可以後妳為妳大哥、還有文博做的事，都要跟他們說，讓他們記得妳的用心，以後就是他們成家了，也會顧著妳，這樣才對妳好，知道嗎？女人在這世道可比男人苦多了！」

唐書瑤看著為自己著想的娘親，心裡覺得暖暖的，果然還是娘親最疼她。

知道閨女聽進去了，馬氏這才說道：「妳爹他心裡還是有妳爺爺、奶奶的，不管怎樣這裡都是他的家，等過些日子暖和了，咱家房子蓋好了，我跟妳一起去縣城看看鋪子，到時候希望能買上一間，要是買不起，咱就先租鋪子。」

母女倆在屋子裡待了半日，直到興隆過來敲門喊兩人出來吃飯，母女倆才出來。飯桌上唐禮義看了一眼女兒，本想張嘴說些什麼，不過被馬氏給瞪了回去。

隨著氣溫越來越高，桃花村的村民們脫掉了厚重的棉衣，而唐書瑤他們家也在此時，準備將蓋房子的事情提上日程。

「明日我去村長那兒說買地的事。」晚飯的時候，唐禮義看著家裡人說道。

他們現在住的這個院子周圍都是人家，沒有地方可以擴建，一家人商量後，決定買下村口的地用來蓋院子。從村口去鎮上和縣城能更近些，加上他們要蓋的院子是一個二進的，比較大，找一處空曠的地方蓋起來會方便許多。

翌日一早，唐禮義早早地吃過飯，走到村長家。

李多福正在院子裡蹓躂，抬眼瞅到唐老三朝他們家走來，剛剛還在心裡想著孫女過完年也十五了，是時候找個人家把親事給定了，轉眼就看到唐老三來了。

一想到他那個大兒子今年也十四歲了，雖說比自家孫女小一歲，但這都不算什麼，想到這裡李多福臉上的笑容深了深。

唐禮義剛走進村長的院子，迎面見到村長的笑臉，背後覺得毛毛的，一種奇怪的感覺油然而生，沒多想就聽見村長的問話，唐禮義笑答。「大清早就過來，是想跟您商量一下，我們家想買村口的地。」

「村口？你家……是要蓋房子了？」李多福雙手向後一背，問道。

唐禮義點點頭。「現在大夥兒都不忙，離種地還要一段日子，正好也可以雇大夥兒幫我蓋房子。」

「你想買多少畝？」

唐禮義撓撓頭，靦覥地笑了一下。「七畝地吧。」

李多福一聽，驚訝地問道：「七畝？」

「是啊，我們家想蓋一個大一點的院子。」唐禮義解釋著，說罷還有些緊張地搓了搓手。其實他們是想要蓋一個二進的院子，而且還想蓋閣樓式的，太小了地方不夠用。

李多福看著對方肯定的回答，心想這是要蓋多大的院子啊？不過轉念一想，唐老三肯定是掙出了點家底的，不然也不敢買下這麼大的宅基地。

一想到自家孫女嫁到他們家，也能跟著享福，村長痛快地答應了這件事，還給唐老三算便宜了些，等兩人過了官府，辦了紅契回到村子的時候，已經是黃昏了。

唐禮義一臉興奮地回到家裡，馬氏在院子裡看到孩子他爹高興的臉色，心裡知道這事成了，問道：「怎麼樣？去了一日事情都辦完了？」

唐禮義從袖口裡拿出那張紅契抖了抖，揚起下巴說道：「那是自然！」

馬氏上前一把搶過書契。「瞧你得瑟的！」

唐禮義訕訕地笑了笑。今兒心情好，馬上要擁有大房子，能不高興嗎？自從昨兒聽到閨女說的那些話，說他們家未來的院子是怎樣怎樣的好，他就激動了一夜，嘴角的笑容都沒停過。

翌日，唐禮義忙著買青磚還有雇傭村民的事，馬氏帶著書瑤姊弟倆去了鋪子，如今廚房有興隆和興旺，馬氏和書瑤在大堂看著客人就好，倒是比去年的時候輕鬆。

另一邊唐禮義訂好了青磚，在鎮上找了一批會蓋院子的人，又在村裡雇了許多人幫忙，給村民的工錢是每日十一文，雖然不管午飯，但這對於桃花村的村民來說，已經是非常好的活計了。而且去年收菜那事，村民都知道唐老三家的脾氣，這一次大家只管幹活，都不敢在背後亂嚼舌根，唯恐當家的丟了活計。

建院子前，唐書瑤簡單地畫了一張草圖，景奕宸過來的時候看到那張草圖，沒忍住問了一下，聽到她的解釋，最後看不過眼乾脆親自動手畫了一幅。

看到對方沒笑她畫得醜，而是直接幫忙畫出來，唐書瑤心裡滿意極了，而且這幅畫和她想像中的一模一樣，使她對景奕宸的畫藝很是羨慕。

村裡的院子多數是用圍欄圍起來的，根本防不住小偷，而她準備建造的二進院子是用磚圍起來的高牆，住的屋子是二層閣樓，下人則住在倒座房。

二月初八，宜婚娶、破土，大清早唐禮義在村口放完鞭炮，前來幹活的人也開始動手忙起來，此時的村裡正是農閒的時候，幹完家務活的婦人們紛紛來到村口，站在遠處看看熱鬧。

春明嬸看著一旁的秋月嬸，問道：「妳家當家的去了嗎？」說著指了指不遠處的唐老三，意思是去唐老三那裡做活了嗎？

秋月嬸臉色一變，假笑道：「當家的他有活，去不了。」

「有什麼活？該不是躲在家裡討清閒吧？」春明嬸戳穿道。

秋月嬸瞪了對方一眼，看著周圍的人都扭過頭看著她，她臉色脹紅，大聲道：「我還能說假？我們家當家的碰上了貴人，貴人說過幾日帶著他去北邊走一走，馬上都要走了，這種活當然沒時間做了。」說完她下巴一抬，一臉驕傲。

春明嬸聽到這話，眼睛一閃，笑道：「我也是跟妳開玩笑，妳看妳怎麼還當真了？」說著她走近對方小聲問道：「那貴人是做什麼的啊？」

秋月嬸見對方忽然討好地看著她，心底頓時產生一種高人一等的感覺，她清咳一聲，淡淡地說道：「貴人啊，是賣首飾的，妳知道一個金耳環多少錢嗎？」

「多少？」春明嬸兩眼發光問道。

秋月嬸一噎，她剛才就是隨口一說，她上哪知道那矜貴東西是多少錢？只是瞧著對方奉承自己的臉色，她硬著頭皮說道：「那可得要上百兩銀子！」

「這樣啊，那挺好的。」春明嬸見她神色不對，態度冷淡下來，知曉對方或許是嘴硬吹牛皮，心裡很是不屑，又有些同病相憐。要不是當初秋月嬸總跟她說書瑤那丫頭的壞話，她也不至於跟唐老三家的關係變成這樣，當家的肯定能到村口幹活……唉！

現在，桃花村村口成了全村最熱鬧的地方，每日村民們都會過來瞧瞧院子蓋成什麼樣。

準備回娘家的陸氏看到村口的三叔，咬了咬牙，心裡很是不甘。當初她娘勸她嫁給唐文傑，說她嫁到村裡也會被公公、婆婆捧著，不用幹活，還說他爹是做帳房的，兒子也能接替他爹的活，等到當家的接替公公的活計，她就勸著當家的搬到鎮上來，這輩子只管享福就好。

可是她嫁到唐家半年的時間，不但公公和婆婆關係不好，當家的也只能跟著爺爺去種地，要不是還有小姑子在，恐怕她也要做活，一想到要做活會累得不行，她就在心裡面暗恨娘給她選了這門親事。

看到三叔家又是開鋪子，又是蓋院子，陸氏只覺得生活對她很不公平。

嚴氏正準備回青雲嬸的話，抬頭就瞥見那個不省心的女兒又回來了，臉色微微一變，很快意識到還有外人在鋪子裡，不能叫人看了笑話，趕緊揚起笑臉問道：「妳這孩子，回來了也不吱一聲，文傑呢？怎麼沒跟妳一塊兒回來？」

陸氏看到娘親變臉的那一刻，心也跟著下意識一顫，上次在家養胎，自己實在是耐不住枯燥，偷偷去了街上湊熱鬧，最後落了胎，也被娘數落了一頓，她至今還記得娘當時的嚇人臉色，不過看到娘後來的笑臉，陸氏也跟著笑道：「娘，我就是想回來看看您。」

嚴氏朝著青雲娘笑了笑，說道：「這孩子真是被我寵壞了。」又看著女兒問道：「那妳婆家知道嗎？」

「知道，娘，我就是來鎮上一趟，順便看看您，您不用擔心。」陸氏明白過來娘的意思，順嘴解釋道。

嚴氏看著點點頭，招呼女兒過來歇歇。

一旁的青雲嬸看著對面的母女倆氣氛怪異，心下很是不解，不過這都不關她的事，此時鋪子裡沒有外人，她糾結半晌，不知道這事應不應該找嚴氏說。

「嬸嬸可是有什麼事要說？是不是我在這裡不太好？」陸氏看著青雲嬸一臉糾結的模樣，張嘴問道。

青雲嬸連忙擺手否認道：「沒有的事，妳這孩子又不是外人。其實吧，妳們也知道我家那個鋪子，這不是快到租期了嗎？也不知道他們能不能按時交租，我這心裡總惦記著這事，妳們也知道我們家就指著這租金過活，所以……」

話雖然沒說完，但是嚴氏母女倆完全聽明白了，嚴氏問道：「我看妳那鋪子租的人家可是那賣串串香的？我看他們生意這麼好，放心吧，租金肯定不會差妳的。」

一旁的陸氏眼神閃了閃。她曾經聽說過三叔一家在鎮上租鋪子做生意，賣的吃食就是這串串香，莫非三叔他們租的就是青雲嬸家的鋪子？

轉念陸氏又想到剛才來的路上，看到三叔在村口蓋的房子，心底的不甘湧了上來，眼神閃了閃，她笑著說道：「嬸嬸，我看您這是要發大財嘍！」

嚴氏和青雲嬸面面相覷，沒明白她這話是什麼意思，怎麼突然間就說到發大財了？嚴氏仔細打量了一眼女兒的臉，莫不是生病糊塗了？

陸氏看著娘和青雲嬸不解地看著自己，這才解釋道：「娘、嬸嬸妳們可能不知道，租嬸嬸那間鋪子的人家，現在正在我們村子裡蓋二進小院呢。」

「二、二進？」青雲嬸驚訝道。

陸氏點了點頭，繼續說道：「嬸嬸，他們家做生意這麼賺錢，都開始蓋二進小院了，您說他們會不會買下您的鋪子啊？」

陸氏心裡知道，其實青雲嬸早就想將那間鋪子賣了好給她兒子買個小院子，只是價錢太貴一直沒賣出去，最後才想著租人，現在以這個事勸說青雲嬸，對方肯定會聽自己的話去做的。

青雲嬸一聽，臉上立刻露出笑容來。

看到青雲嬸的反應，陸氏嘴角也勾起一抹笑容，繼續說道：「嬸嬸，您先別激動，萬一他們沒有這個打算，準備繼續租呢？」

青雲嬸一聽，嘴角的笑容僵住，本來聽說有人要買他們家的鋪子她就心裡高興，這鋪子雖說是家傳的產業，但也是先輩趁著當年一場災荒時便宜買下的，現在若是賣出去，定能翻上幾百倍。剛好兒子要娶媳婦，如今家裡也沒有多餘的地方住，她還愁著怎麼能買上一處小院子讓兒子成婚，可是現在又聽到他們可能不會買鋪子，心涼了半截。

陸氏看著青雲嬸的臉色變化，繼續勸道：「嬸嬸，我有一個辦法可以讓他們買下您的鋪子，就是不知道您想不想做。」

第三十七章

「做，肯定做，孩子妳快說！」青雲嬸一臉著急道。

「您可以現在去他們那兒，跟他們說租金漲價了，您可別只漲個幾文錢，您就漲個兩、三貫錢如何？要是他們不高興，您可以說讓他們買下您的鋪子，這樣他們就會考慮買下您的鋪子。」

青雲嬸一聽，立刻蹙起眉頭，心裡暗暗琢磨這樣會不會不太好。

陸氏看到她猶豫，繼續勸道：「嬸嬸您看啊，他們的生意這麼好，到他們那裡吃東西的人也都知道地方，他們肯定是不想搬的，再說您的鋪子地方大、還敞亮、又是好位置，鎮上也沒有幾家這樣的好鋪子，您先提高他們的租金，再說起買鋪子的事，這不就是讓他們順著您的想法，考慮買鋪子的事嗎？」

青雲嬸點點頭，也覺得頗為有理，做生意的最怕總換位置，何況他們才做了半年生意，肯定是不會有搬走的打算，若是這事真成了，那她兒子的新院子就有了，一想到這裡，青雲嬸迫不及待地向唐氏串串香走去。

站在鋪子門口的陸氏，看著遠去的青雲嬸，眼裡閃過得意。三叔家才做半年的生意，而且還開始蓋二進的小院，怎麼說都不會再有錢買下鋪子，此時租金漲價，對他們來說無疑是雪上加霜，即便是搬走找下一家鋪子，光是搬家也得至少花費一日的時間，加上需要重新布置鋪子，又是一筆錢，估計三叔他們肯定不會想搬走，只得乖乖地交租金。想到這裡，她心下這口鬱氣總算消散。

嚴氏看著女兒臉上的神情，就知道她給青雲嬸出這個主意不是好心，不過畢竟是自己的孩子，她也不想說什麼，問道：「是不是跟文傑吵架了？」

陸氏聽到聲音，回過頭來笑著說道：「怎麼會呢娘，我就是順便過來看看您，現在時辰不早了，我也該回去了。」

此時滿腦子都是將鋪子賣出去的青雲嬸，一臉興奮地走進唐氏串串香，看到大堂坐滿的人，嘴角的笑容深了深。

打著算盤的馬氏一抬頭便看見房東過來，恍然意識到鋪子快到租期了，笑著走過去說道：「青雲嬸是過來收租的吧？妳看妳這點小事，我們過去就行了，怎麼還特意跑來？」

聽見馬氏的話，青雲嬸臉色一紅，轉念想到那孩子說的話，還有自己的兒子，她吸了一口氣，看著對方說道：「是租金的事，要不咱們到後院去說？」說完她指了一下大堂坐的人。

馬氏頓時明白過來，大堂這麼多客人，在這裡談確實不太好，兩人一起向後院走去。走到後院，馬氏拉過小凳子給青雲嬸，笑道：「這裡也沒有桌子，要不就給妳倒杯茶了。」

青雲嬸神色有些尷尬，緩了一下自己的情緒，說道：「不用不用，我這次來，是想跟妳說，這次租金漲價了，現在是十二貫錢！」

「啥？」馬氏激動地站起來喊道。

此時對面的閣樓上，景奕宸聽到書瑤娘親的喊聲，連忙走到窗戶前，看到只有一個女人在那裡，似乎只是在談事情，這才放下心來。

青雲嬸看著對方情緒這麼激動，心下有些緊張，但是一想到自己的兒子，堅定地說道：「我也是沒辦法，現在兒子成婚沒有地方住，只得漲租金了，其實、其實你們也可以將這個鋪子買了，這樣對你們來說也是好事不是嗎？」

馬氏看著對方坐地起價的嘴臉，真想噴她一句鋪子豈是說買就能買的？轉念想到自己還跟女兒說這幾日要去縣城看鋪子的事，心裡的怒氣頓時消下去了，看來是老天要讓她家去縣城做生意。

心裡想著去縣城的打算，馬氏也不想和對方撕破臉，只說道：「這事我得和孩子他爹商量商量，等我們想好了再找妳吧。」

青雲嬸一聽對方的話，臉上立刻露出了笑容，說道：「好好好，你們好好商量，商量好了就來找我，妳放心，咱們這麼熟，我肯定給妳算便宜點。」

說完青雲嬸一臉高興地離開了。

聽完她們說話的景奕宸，右手敲了敲書案，隨即吩咐修譽查一下這件事情，順便讓他買下對面的鋪子。從小在宮中長大的景奕宸，對於任何事情都會思考前因後果，這個習慣也是他能活到現在的原因。

雖然看起來是一件簡簡單單的小事，但他始終認為那個房東會突然這麼做肯定是有原因的，不管是什麼原因，他都不想讓人傷害到書瑤，只是想到書瑤還要在這裡做生意，而那間鋪子離自己這麼近，不過是一點錢，便打算讓侍衛買下來送給書瑤，皆大歡喜。

每隔幾日，唐書瑤都會跟爹回到村裡看一看家裡的進度才回家，看著院子一點一點地蓋起來，心裡滿滿的成就感。今日她回到家，卻看見大堂裡娘的臉色有些不太好看，連忙上前關心道：「娘，您怎麼了？」

馬氏看著女兒，說道：「妳青雲嬸今天過來，我們去屋裡說吧。」

馬氏和女兒在屋裡說完這件事，唐書瑤沒想到當初看起來性子這麼爽利的青雲嬸，會變成這樣，雖說他們家不是付不起，可這租金漲得實在太誇張，他們實在不願被當作冤大頭。

「娘，既然這樣，咱們正好去縣城吧，之前您也說去縣城看看，最近家裡蓋院子，咱們都將這件事給忘了，鋪子有興隆、興旺夫妻倆，再不濟咱們也可以借大哥的書僮過來幫忙，這樣我就可以跟娘一起去縣城看看鋪子，怎麼樣？」

馬氏點點頭，說實話她習慣在一個地方待著，突然搬去另一個地方，心裡多多少少有些不踏實，只是大兒子在縣城裡唸書，每日都要辛辛苦苦來回跑，加上她也不想多交租金，這租金本來就夠貴了，現在看來還是只能去縣城了。

翌日，唐書瑤跟唐文昊說過後，洗硯便留在了鋪子裡幫忙，母女二人到了縣城，唐書瑤帶著娘親去了上次買下人的宋牙婆那裡。

宋牙婆看到走進院子的唐書瑤，眼睛一亮笑道：「哎喲！我就說今早怎麼聽見喜鵲的叫聲，原來是小貴人登門啊。」

唐書瑤聽到宋牙婆的話，不禁露出笑容來。「婆婆今日可真甜！」

「什麼甜？」宋牙婆一臉茫然地摸著自己的臉疑惑地問道。

馬氏聽到女兒的話，也不解地看著她。

唐書瑤笑道：「當然是婆婆的嘴甜，您說的話甜得我都不好意思了。」

宋牙婆略略琢磨一番，明白這是在誇讚自己，大笑道：「哎喲，小貴人這話說得巧，今兒說什麼也不好多收妳的錢咧！」

兩人寒暄一番，唐書瑤直接向宋牙婆詢問縣城有沒有要租出去的鋪子，現在家裡的錢都用來蓋了院子，要是再想在縣城直接買一間鋪子有些困難，只能先租著。

聽到小姑娘的來意，宋牙婆露出幾分猶豫來，她外甥正巧有間鋪子要讓她幫忙租出去，他那間鋪子原是他媳婦的嫁妝，可那小娘子嫁給她外甥不到一年就過世了，本來是外甥和外甥媳婦一起經營那間鋪子，現在外甥媳婦沒了，外甥他自己也做不下去了。

那鋪子地方大，位置雖不是最好，但經過的人多，做生意最是不錯，可是周圍的人家都覺得那間鋪子晦氣，所以這段時間一直沒有人租，今兒外甥他才剛決定讓租金便宜些，也不知這小姑娘能不能租……

「婆婆這是怎麼了？可是沒有向外租的鋪子？」唐書瑤看著宋牙婆聽完自己說的話後，臉上露出一絲猶豫不決，她出聲問道。

「有是有的，小姑娘也算是老客戶了，實話跟妳說了吧，其實我這兒有一間鋪子，位置離周舉人學堂只隔了一條街，最重要的是這租金便宜，半年租金是七貫錢！」

「七貫錢？」馬氏不可置信地問道，這可比他們在鎮上租的還要便宜三貫錢，這便宜得有些過分了吧！

唐書瑤聽著宋牙婆的話，沒直接說話，心裡暗道這麼便宜肯定是有什麼原因，並且這原因應該是其他人不想租鋪子的理由。

想到這裡，唐書瑤問道：「婆婆不如說說，這鋪子為何租金如此便宜？要知道，我們在鎮上租的鋪子半年的租金也要十貫錢，這縣城不管怎麼說，也不能比鎮上還要便宜吧？」

馬氏見女兒這麼說，本想讓她不要問下去，可是聽到女兒接下來的話，仔細想了想，其他人見這租金這麼便宜都不租，是不是有什麼忌諱的，要是死過人的話，那他們做生意也沒有人過來啊！

宋牙婆抿嘴一笑，真不愧是聰明的姑娘，腦子就是轉得快，她解釋道：「既然小姑娘都猜出來了，那老身也不瞞妳，其實這鋪子是我那外甥媳婦的嫁妝鋪子，我那外甥成婚後，就一直跟他媳婦做生意，沒想到我那外甥媳婦是個沒福的，這才成婚一年就去了。媳婦都沒了，我那外甥生意也做不下去，才想著把鋪子租出去，周圍做生意的人家都嫌棄我那外甥的鋪子晦氣，所以一直沒租出去，這不今早我那外甥鬆口租金便宜些，趕巧小姑娘妳就過來要租鋪子。其實啊，我那外甥媳婦沒出嫁前身子就不好，什麼晦氣不晦氣的，老身我可是不信那個，小姑娘妳說是吧？」

聽了宋牙婆的話，唐書瑤點點頭，她能理解這裡的人對於運勢看得很重，怕晦氣的地方影響財運，她倒是不怕的，畢竟在末世那麼多年，運勢都是靠自己打拚出來的，只是不知她娘會不會願意。

想到這裡，唐書瑤轉過頭看著娘親，想要開口詢問她的意見，沒想到娘親直接說道：「牙婆，先讓我和我女兒去看看鋪子。」

「欸！」宋牙婆一口應道。

三人一起向外走去，路上唐書瑤觀察著娘親的臉色並沒有什麼不好的情緒，心裡暗道莫不成娘親也想因為租金便宜選擇租這間鋪子？

馬氏母女二人看了一眼鋪子環境，這間鋪子比鎮上的要大一倍，而且二樓打開窗子就可以看到唐文昊讀書的那間書院，廚房的炊具齊全，且還有三個灶臺，看完這些馬氏心裡就做了決斷。

等她們交了租金出來，唐書瑤都有些意外，沒想到娘親真的定下這裡，回到鎮上的時候，唐書瑤問道：「娘，您怎麼決定租那個鋪子啊？」

馬氏聽到問話，扭頭認真地看著自己閨女。「行了行了，娘可不是那種在意這些的人，咱們家做生意靠的不是福氣，靠的是香氣，我就不信縣城那些人聞到咱家的串串香會能忍住不來！」

此時景陽鎮小別院裡，景奕宸看著書案上的地契臉色柔和了下來，一直在等唐書瑤回來的他，站在窗邊望了一日。

院子裡巡邏的侍衛見到殿下這般模樣，表面上波瀾不驚，心底驚訝不已，他們的主子因為自小在宮中長大，所以一直收斂自己的情緒，沒想到今日竟然看到殿下如此溫柔的神色，著實讓他們吃了一驚。

修末用胳膊肘撞了一下一旁的修榮，壓低聲音問道：「你瞧咱們殿下，像不像望妻石？」

聽到修未竟敢如此議論殿下，修榮本能地要訓斥出聲，餘光卻瞄到殿下此時正站在門邊，心裡咯噔一下，暗道不好，雖然平時看不慣修未的不著調，可是從小一起長大的情分在，知道他恐怕要遭遇不可估量的刑罰，心忍不住刺痛一下。

這些想法在心裡轉眼消失，下意識地身子向前一步，擋住身後的修未，向殿下行禮道：「殿下！」

「嗯。」景奕宸微微頷首，便朝著對面的院子走去。

此時的修未被修榮的舉動弄得有些迷糊，回過神來便聽見殿下的聲音，臉色瞬間變得蒼白，他知道主子對他們一向嚴苛，這事卻被主子撞個正著，自己必定是要慘了。

見到修榮擋在自己前面時，心微微有些酸澀，不愧是他的好兄弟，這時候都在幫他，剛想準備請罪，他便聽到殿下離開的腳步聲，頓時有些恍然。

第三十八章

「書瑤。」景奕宸低著嗓音說道。

「嗯？」唐書瑤聽到有人叫自己的名字，下意識地轉過身，見是景奕宸叫得這麼親暱，心裡有些不爽，可本想對他說的話卻在見到那笑容時不禁噤了回去。

唐書瑤也不知道該怎麼形容，只能說此時的陽光正好，他就像落入凡間的精靈，這笑容彷彿直擊她的心靈，讓她的心跳加速，像是生病了。

看著唐書瑤想要發脾氣卻突然溫柔的臉色，景奕宸只覺得心癢癢的，沒忍住走近對方抬手輕輕地碰了一下她的頭髮。「妳在想什麼？」

唐書瑤回過神來，下意識後退一步，重心不穩身子有些搖晃，景奕宸瞬間伸手攬住對方的肩膀。

抬起頭看著近在咫尺的臉，唐書瑤只覺得自己的臉都在發燙，只是在看到景奕宸的耳朵變成了緋色後，她不自覺地露出笑容來。

原來不只她一個人在害羞，腦海裡閃過這個念頭的時候，她的心慌了一下，原本她從未問過對方的身分，可是看到他的穿著，他的手下，還有行為舉止透出來的貴氣，她就暗暗猜測對方的身分必定是比裴嘉哲還要高的。

她是從末世來的人，自是不在意什麼身分之別，即使後來知道他是皇子，態度也未曾改變，可是她自己可以不在意，她的家人必定會承受不了這些。想到這裡，唐書瑤強迫自己不要想那些沒可能的東西。

見對方沒有鬆手的意思，她輕咳一聲。「說不定我爹娘什麼時候出來，你……還不打算鬆手嗎？」

意識到自己的舉動不妥當，景奕宸倏地一下將手收回來，只是背在身後的手指卻是不停地摩擦著。

氣氛有些尷尬，唐書瑤直接開口問道：「你是來找我？還是想吃飯？」

「找妳……不是、吃飯……不是，是找妳！」景奕宸語無倫次地說道，這時的他都不知道，不只他的耳朵悄悄變了色，就連臉頰也染上了一點緋色。

唐書瑤微微一笑。「說吧，你來找我是想說什麼？」

「妳這間鋪子是不是漲租金了？」

「你怎麼知道的？」

「我昨日在閣樓上看到的。」

「哦，租金是漲了，不過我們今日去縣城租了一間鋪子，這幾日就要搬過去了，你以後要是想吃我們家的美味，可以來縣城找我們。」

聽著她說的話，景奕宸捏了捏袖口裡的地契，終是沒有開口說出來自己已經買下這裡的事情，於是兩人在院子裡閒聊了幾句，馬氏尋找女兒看到院子裡站著的景奕宸，景奕宸便向馬氏點點頭，轉身回了自己的院子。

一直提著心的修末見到殿下臉色不好的回來，以為自己這是要受刑罰了。

沒想到殿下看都沒看他一眼，直接大步向屋裡走去，這讓他鬆了一口氣的同時，不禁有些疑惑，明明殿下去對面的時候臉色還是很好的，怎麼回來的時候臉色這麼難看？難不成是吵架了？想到他們殿下還為唐姑娘買下了他們的鋪子，她說什麼也不該讓他們殿下心情不好啊！

回頭望了一眼閣樓，修末壓下自己亂想的心思。

忙著往縣城搬鋪子的這幾日，唐書瑤也脫下了厚重的棉衣，鎮上的人看到唐書瑤他們家的動向，都趕緊打聽他們家的情況。

小小的鎮上幾乎人人都了解各家的消息，哪家有一個風吹草動，不出兩日，鎮上便會傳開。知道唐書瑤他們家是因為租金漲價了，搬到縣城去開鋪子，人人直呼可惜，尤其是那些老饕們。

將最後幾樣東西搬上馬車，唐書瑤回頭望了一眼鋪子，餘光看向了那個站在閣樓的人，心下有些糾結，自己離開了要不要說一聲？是不是以後沒有見面的機會了……

一想到後面，唐書瑤心裡有一點澀澀的，很不舒服，右手按壓在心臟處，心裡有些疑惑，難不成這具身體有心臟病？

一想到這個世界沒有醫院可以檢查，也不知道把脈能不能檢查出來？

心思被身體健康的問題轉移，唐書瑤被馬氏喊去坐上馬車，一家人向著縣城出發。

看著漸漸遠去的馬車，景奕宸心裡不是滋味，明明還望了他一眼，卻沒有跟他說些什麼就這樣離開了。他放在窗沿上的手不自覺地捏緊，指尖泛紅而不自知。

外頭傳來敲門聲，然後是王公公的聲音。「殿下，該吃晚膳了。」

「撤了吧，本宮不吃。」

王公公聽到殿下的話，眉頭忍不住皺了起來，張了張嘴，最終還是轉身離去，從殿下三歲的時候他便一直跟在殿下的身邊照顧他起居飲食，別看殿下小小的人，那脾氣可是很是執拗。

一旦決定的事，無論他怎麼說，就算是磨破了嘴皮子也沒有任何的改變，只能想辦法弄清楚殿下發生了何事，從源頭解決。

王公公氣勢洶洶地奔向修末的院子，殿下的護衛隊裡，只有修末的性子跳脫，殿下的事情他知道得最多，因此王公公腦海裡第一個想到的便是找修末，問問他殿下這是怎麼了。

此時在院子裡啃雞腿的修末身體打了一個冷顫，他吸了吸鼻子，渾然不知接下來會面臨怎樣的糾纏，只是感嘆這雞腿真是世界上最美味的食物，百吃不膩。

剛走進院子便看到修末坐在橫欄上啃雞腿，這畫面有一些讓他心裡不適，若是唐書瑤在這裡，肯定能理解王公公的意思，那就是「辣眼睛」。

修末兩隻手都拿著雞腿，且嘴邊也沾上了油汁，整個人看著髒兮兮的，跟他平時當差時不笑的模樣差距甚遠。聽到腳步聲，修末眼神犀利地扭頭看向來人，見是王公公，趕緊將雞腿塞進袋裡，雙手迅速地擦了一下嘴，笑著問道：「王公公，您老有事？」

看著對方那張沒個正經的笑臉，王公公的眉頭皺得更深，只是此時他更關心殿下的事情，也沒有多說訓斥的話語，急切道：「殿下下午可是有什麼事發生？」

修末眼睛一轉，略略思索一番猜到殿下多半是不吃晚飯，這才引得王公公著急詢問他，畢竟那些公事王公公從不參與，而公公他老人家最關心的便是殿下的身體，可是轉念一想，今日下午殿下什麼事都沒有做啊！

等了半天也沒見修末回話，王公公臉色沈了下來，察覺到氣氛不對勁，修末帶著討好的笑容回道：「公公，咱們殿下下午沒發生任何事情，這……我也不清楚了！」

王公公沒聽到自己期盼的答案，心裡像是被堵了一道牆，再看看對方沒擦乾淨的嘴，更是來氣。「嘴擦乾淨點！」說完扭頭大步離開。

另一邊，唐書瑤他們來到了縣城的鋪子。唐書瑤他們的鋪子在縣城早有了名聲，之前便有人從縣城特意趕去鎮上吃唐書瑤他們家的串串香，如今搬到了縣城，客源倒是不愁，時不時便有人過來問問何時能開業。

正在打掃鋪子的唐書瑤，抬頭便看到許久不見的裴嘉哲。

「哦？縣試這麼快考完了？」唐書瑤見著對方臉色挺好，率先問了一句。

「縣試出來我去了夫子那裡，默寫了一遍我在考場書寫的內容，夫子看過後便說這縣試沒什麼問題，但是府試不準備讓我參加了，讓我再努力努力，明年爭取過了府試和院試。」

唐書瑤點點頭，對於科舉的事情，她最近也開始跟著了解，畢竟她大哥可是要參加科舉的人，對於這方面的消息她也是關注起來。

裴嘉哲湊近唐書瑤問道：「明日陪我去南山寺還願如何？」

「明日？」唐書瑤看了一下鋪子的進度，收拾得差不多了，明日出去一趟倒也無妨，說起來她還沒有去過這個有名的南山寺。

相傳南山寺有一處金礦，是前朝皇帝留下來的，可惜這個傳說一直都有，而且還是人人都知的傳聞，很多人去探過，但最終都是無疾而終，久而久之，這個傳聞也被說成是假的了。

唐書瑤倒是希望這個傳聞是真的，這樣一來她便能快速地在縣城置辦產業，不過這個想法也只能想一想，畢竟天上掉餡餅的事可不是誰都能遇到的。

「是啊，如何？佳人可否有時間？」裴嘉哲嘴角輕扯，心裡緊張不已。

佳人？唐書瑤在心裡暗嗤一聲，這人真是越來越沒正行了，不過之前裴嘉哲便跟自己提出過要去郊外踏青，朋友一場，明日去便是了。

「可以。」唐書瑤點頭道。

翌日一早，唐書瑤帶著唐文博一起去南山寺，剛出家門便看到裴嘉哲的馬車。聽到聲音，裴嘉哲掀開簾子下來，只是和他一同下來的還有兩個漂亮丫鬟。

兩個丫鬟是唐書瑤來到這裡見到的最美的女人，一位青澀可愛，圓圓的眼睛帶著懵懂天真，皮膚粉嫩，另一位身段很好，走起路來也是婀娜多姿。

只是這眼神天真的丫鬟見到唐書瑤時，眼神卻帶著審視，那種懵懂無知的錯覺也跟著煙消雲散，唐書瑤倒是沒多想什麼，就是這兩個丫鬟打量的眼神讓她有些不舒服。

「書瑤，妳來了。」裴嘉哲溫柔地說道。

唐書瑤向著對方點點頭，便帶著文博上了自家的馬車。

「爺，這位唐姑娘是不是不喜奴婢，奴婢本想將這桂花糕送給唐姑娘路上解解悶，但是唐姑娘她卻……」

「自是不喜妳，一個奴婢，就該知道奴婢的本分，別忘了自己的身分，唐姑娘可不是妳能議論是非的！」裴嘉哲甩開她的手臂，大步向馬車走去。這兩人叫南憐和北星，是他娘非得讓他帶上的。

兩姊妹互相望了一眼，想到夫人的交代，陰沈地看了一眼唐書瑤的馬車，臉上又重新換上歡快的神情上了馬車，一路上妥妥帖帖地照顧裴嘉哲。

兩姊妹的溫柔，讓身邊只有個書僮的裴嘉哲感到丫鬟比書僮更加貼心，態度也溫和許多，畢竟她們不過是聽娘親的話跟來的。

路上，南憐彈起了琵琶，琴聲傳到了唐書瑤的耳邊，她心下感嘆果然是瀟灑公子哥兒，還有人給奏曲，別說還挺好聽。

另一邊來到縣城的景奕宸得到消息，今日一早唐書瑤和裴嘉哲去了南山寺，想到上次在唐書瑤家門口和裴嘉哲對視的那一眼，景奕宸心慌亂了起來。

自從遇見唐書瑤之後，只有在她的身邊，他才能感受到身體是熱的，心是跳動的。雖說唐書瑤沒和他告別，他有些生氣，但今兒還是沒忍住來到了縣城。

吩咐修末快馬加鞭去南山寺。

「是，殿下！」修末應道，加快了驅車速度，雖然馬車速度快了不少，但這一路上也沒撞上什麼人，他的驅車技術還是很熟練，這也是景奕宸讓他跟在身邊的重要原因。

其他護衛雖也聽他的話，但行事的時候多數還是會考慮他的安全，謹慎過多，而修末雖然也在意他的安全，但更多的是執行他的命令。

出了臨溪縣，修末的驅車速度變得更快，不過好在他們的馬車是自己改造的，即便是快馬加鞭，顛簸的感覺卻很小，這也是修末敢快速驅車的重要原因。

「吁——殿下，南山寺到了。」

景奕宸掀開簾子，跳下馬車，讓修末在山下等他，他自行上山。

另一邊唐書瑤到了南山寺之後，便下了馬車，牽著弟弟走路上山，看著裴嘉哲身後跟著的兩個丫鬟，走幾步路便問一下他渴不渴、餓不餓，一派瀟灑公子哥兒的模樣讓她好不適應。

南山寺有一百零八層石階，寺廟常年香火不斷，隨處可見來來往往的人，有些滿臉憔悴，眼神帶著希望而來；有些穿著富貴，身後帶著幾個奴婢，無論是誰，臉上都是虔誠的。

唐書瑤第一次來寺廟，她倒是不信那些鬼神之說，畢竟她自己都是死了一回的人，只是多多少少還是有些好奇，來到這個世界大半年，她也逐漸適應這裡的生活，她心裡希望這一切都不是夢，這就是她喜愛的生活。

「在想什麼？」裴嘉哲看著明顯走神的唐書瑤，湊近她低聲問道。

回過神的唐書瑤看到近在咫尺的裴嘉哲，趕緊伸手推開對方。

此時在他們下面不遠處，景奕宸看著這十分刺眼的一幕，心就像針扎了一下，袖子裡手緊緊地攥著，捏出了響聲。

這一刻，他的理智、算計全都消失，他不顧一切地向前跑去，一把抓住唐書瑤的胳膊拉開他們的距離，一直站在姊姊旁邊的唐文博被帶得一個趔趄。

「哎喲，疼死我了！」唐文博大喊道。

被景奕宸拽在懷裡的唐書瑤，聽到弟弟的叫喊聲立刻回過神，推開對方急忙走向弟弟，彎腰扶起他，急切道：「有沒有傷到哪裡？」

第三十九章

唐文博一聽姊姊的問話，一肚子的委屈剛要說出口，餘光卻瞟到景奕宸的眼神，脖子下意識一縮，趕緊搖搖頭否認。

「你來這兒做什麼？」裴嘉哲看向景奕宸質問道，突如其來的變故也讓他沒有反應過來，但想到剛剛對方拽著書瑤的胳膊，他頓時變了臉色，眼神不善地盯著景奕宸。

聽到裴嘉哲的問題，唐書瑤也扭過頭望著景奕宸，她也想知道這個人突然來是做什麼。

景奕宸眼神閃了閃，看著唐書瑤疑惑的神情，心裡有些不舒服，不過這種不舒服的感覺很快消失不見，因為他再一次感受到了來自裴嘉哲的逼迫感。

他沒有理會裴嘉哲，而是直直地看著唐書瑤。「妳搬到縣城了？」

對方分明是明知故問，可唐書瑤眼神不禁有些閃躲。該怎麼說呢？其實她和景奕宸的關係，好像他們很近很近，但又感覺很遠很遠，就好像他們應該是很親密的關係，可是卻沒有明確的關係。

其實她最近也明白，她是喜歡景奕宸這個人的，但是他們之間沒有告白，也意味著他們沒有任何的關係，這裡的人不懂告白是什麼，但是對於她來說這是很重要的事情。

在上一世末世沒有來臨之前，男女確立關係前總要有告白才可以，這或許是她矯情的一點，但是她覺得這種告白是神聖的，是不可缺少的儀式感。她希望一段感情的開始，是一場鄭重的告白，這是她骨子裡的堅持，無論是她或是他先開口。

此時氣氛莫名變得沈重，唐書瑤說：「嗯，搬到縣城了，上次跟你說過已經在縣城找好租鋪，搬走也是這幾日的事情，畢竟我大哥他在縣城唸書，搬到縣城會方便很多。」

看著對方的眼神，唐書瑤忍不住多解釋一些。

接下來去往南山寺的石階上，幾個人都不再說話，景奕宸的目光一直追隨著唐書瑤，裴嘉哲則眼神複雜地看著景奕宸和唐書瑤，而南憐和北星兩姊妹神情古怪地盯著唐書瑤、景奕宸、裴嘉哲三人。

個子最矮的唐文博肆無忌憚地看著身旁的哥哥、姊姊們，眼神轉來轉去，最後目光鎖定在自家姊姊的臉上，逐漸露出恍然大悟的表情來。

唐書瑤輕輕拍了拍文博的小腦袋瓜，本來見外人在旁邊，她沒有多說什麼，可不知道小弟又在腦補些什麼，這表情略顯猥瑣，她實在看不過眼。

唐文博抬頭對姊姊露出牙齒笑了笑，心裡暗暗感嘆他姊姊這麼好看，以後這兩個大哥哥是不是都要討好他？

一想到之前在村子裡，小虎炫耀他有個好看的姊姊，村子裡那些比他們大一些的哥哥，經常給小虎一些糖塊討好他，讓他幫忙去找他姊說好話。

那會兒他就很嫉妒，明明他姊姊比小虎姊姊好看許多，怎麼他就沒有這個被討好的事？沒想到今日讓他預見了他的未來，想到這裡，他對姊姊的笑容越發的甜膩。

唐書瑤看著神情變本加厲的唐文博，輕輕呼出一口濁氣。若不是在外面，她都想好好教訓教訓文博，這孩子也不知道在想什麼，連笑容也變得這麼猥瑣。

一直看著唐書瑤的景奕宸，見她為了她的弟弟嘆氣，眼神凌厲地盯著唐文博，察覺到一股寒氣的唐文博，緊了緊身上的衣服，臉色恢復了正常。

一行幾人到了寺廟門口，有兩個和唐文博差不多大小的小僧接待唐書瑤幾人，裴嘉哲自己一人去找了大師還願，唐書瑤帶著唐文博逛起了寺廟。

在得知寺廟做菜的地方後，唐文博便嚷嚷著想去看看，或許是同齡人更有話題，唐書瑤便讓小僧領著文博一起去，一下子身邊只剩下景奕宸。

看了一眼身旁的人，她本身就是一個性格乾脆的人，不然也不會在末世闖蕩那麼久，如今明白自己的心意，雖然有很多事情都有糾結，但是想清楚後，她知道自己最在意的是感覺。

她連死亡都不懼，更何況是其他事情，或許有很多事情是她現在不能擁有的，但如今她也想知道這段感情，究竟可不可以有一個美好的開始。

「你追到南山寺是來找我的嗎？」唐書瑤直接問道，剛剛裴嘉哲便問過景奕宸這個問題，只是對方沒有直接回答，反而是問自己問題，轉移了這個話題。

在場的人都不是傻子，誰都能看出來景奕宸並不想回答這個問題，這個話題也就不了了之了。但是現在就他們兩個人，唐書瑤想要問清楚這件事情，也想知道他們的關係究竟可不可以進一步發展，在弄清楚她自己的心意後，她也有想過關於這個世界的禮儀、規矩這些問題。

他是皇子，兩個人的身分天差地別，而她不想，也絕不會做人家的妾，他們沒有未來。

可是對於她來說，沒有未來就沒有未來，只要她現在開心便好，她來到這個世界，再一次的呼吸，再一次的感受陽光，再一次的感受親情溫暖，再一次的活著，沒什麼比她開心的活著更重要。所以，她只在意當下，未來那個人是不是一直是他都不重要。

她相信她的能力可以保全她的家人，這裡沒有前世的科技發達，更沒有監視攝影機。若是真到什麼不可收拾的地步，為了不牽累家裡人，她會假死逃脫，或許這麼想有些遠，但是她雖任性，卻也願意為了家人的安全做出任何事情。

「是，是找妳，看到妳不曾告別就上了馬車，我擔心妳便找來了。」景奕宸趕緊說道。

若是以往按照他的性子，他所喜愛的獵物，他會一步一步設下圈套，讓對方心甘情願地鑽進來，這種滿足感讓他異常幸福。可是這一次完全打破他的規矩，當他看見瑤瑤和那個男的站得那麼近，那種前所未有的害怕席捲了他，這也是他不敢鬆懈的原因。

「擔心我？」

「是，擔心妳，擔心妳在縣城會不會遇到其他商家謀害妳，擔心妳在縣城的安全，擔心妳會不會受累，擔心妳……」

「只擔心我一個人嗎？」唐書瑤笑著追問道。

景奕宸看著眼前的女孩，他在她的眼神裡讀出了喜悅的意思，這一刻他悶在心裡的鬱氣全部消散，直到此時他明白一個道理，原來這個人臉上有笑容，他也會跟著喜悅，而且那種喜悅的心情是其他東西無法給予他的。

他認真道：「是，從我出生起，妳是第一個讓我這麼擔心的人，沒有人敢讓本宮這麼擔心，以後也不會再有這樣的人出現，只有妳，唐書瑤。」

唐書瑤微微驚訝，沒想到對方如此直率。

景奕宸看出瑤瑤的驚訝，繼續道：「我雖是皇子，可這個身分並沒有讓我感受過一天的快樂，若是可以選擇，我希望我生在一個普通的百姓家裡。景奕宸是我的名字，只是從未有人叫過這個名字，他們都叫我七皇子殿下，不過瑤瑤，我希望妳可以一直喊我的名字。」

「好！」唐書瑤應道。

景奕宸笑了笑，繼續細細說起自己以往的事，他想分享他的一切。他也在努力規劃，以前他渾渾噩噩，不計較那些勢力，可是如今不同，他要爭取他自己的東西，最重要的是他要有能力保護眼前這個人的笑容。

在南山寺這半個時辰，唐書瑤了解了景奕宸的一切，她明白對方喜歡自己，卻還是有些彆扭地引導著對方親口說出告白的話。

「喜歡，很喜歡、很喜歡、很喜歡，很喜歡瑤瑤，我很感謝瑤瑤出現在我的生命裡。第一次在閣樓看到妳時，那時我深處黑暗，對母后滿是失望，而妳的笑容比夕陽的光還要溫暖，驅逐了我身後的黑暗。

「後來刺客找上門，和妳一起並肩作戰時，我覺得妳是我遇見過最特別的姑娘。這幾個月相處，我的情緒被妳牽動，看到妳高興我便高興，看見妳遇到麻煩，我便想立刻為妳解決，看到妳對著裴嘉哲露出笑容，我心裡像堵了一塊石頭一樣，難受得緊。

「瑤瑤，除了我的身分，我現在一無所有，而且這個身分會給我們帶來未知的麻煩，但是，瑤瑤，不要嫌棄我，我將我所有的東西都給妳，答應我，以後只對我露出笑容好嗎？」說完，景奕宸緊張兮兮地盯著瑤瑤。

這是他第一次說出這麼多的心裡話，他察覺到瑤瑤想要聽，而且他說的時候對方專注地看著他的眼神，也讓他有了想要傾訴的慾望。

「可是……」

聽到對方想要拒絕的話，景奕宸只覺得自己的心臟似乎停止跳動，巨大的失落席捲全身，他的世界又重新回到黑暗，他以為的開心都是假的。

唐書瑤還沒說完，便看著對方的神情從滿心期盼瞬間低落到像全世界都遺棄他，孤寂又可憐，她的心痛了一下，本想開個玩笑，但卻捨不得，趕緊開口解釋道：「可是我對我爹娘、大哥還有小弟也得笑啊，不然他們得多傷心啊！」

景奕宸不知道該怎麼說，但是這一日的感受讓他深深地記了一輩子，刻骨銘心，在他以為不可能的時候，瑤瑤的話又讓他回歸光明。

「除了他們，以後只對我一個人露出笑容，好嗎？」

「好。只有你，你也是。」唐書瑤略帶驕傲地回道。

「我保證，只有瑤瑤。」

「只有我什麼？說話說清楚啊！」

景奕宸露出寵溺的神態，伸出右手承諾。「我向天起誓，我景奕宸，只對唐書瑤一個人露出笑容！」

這麼霸道又無理的誓言，兩個人卻心甘情願地做出了承諾。

唐書瑤和景奕宸互通心意，正是情濃之時，一道天真嬌憨的聲音從隔壁傳來。

「妳說咱們公子今晚會讓誰進房間？」

唐書瑤和景奕宸對視一眼，兩人心有靈犀地不再出聲，只想等隔壁院子路過的人離開。

「公子的心思我可不敢猜！」另一個人回道。

「那唐姑娘倒是長得挺標致，再加上咱們公子的喜歡，即便是入了府，也是最受寵的妾，比起咱姊妹倆要好上許多。不過我可是聽說，未來的主母可是咱們老爺上峰家的小姐，知書達禮、聰明賢慧，那唐姑娘再怎麼囂張，也越不過咱未來主母的頭上！」

聽到這裡，唐書瑤二人早已明白，這兩人必定是跟著裴嘉哲一起來的丫鬟，沒想到她們的身分倒是和一般的丫鬟不同，還認為自己會是裴嘉哲的妾。

景奕宸身上的怒意一直外放著，若不是瑤瑤抓著他的胳膊，並且阻止了他，他早就讓這兩個人永遠閉上嘴。

他所珍愛的姑娘，怎可以用那種身分來侮辱？

聽到那些話，唐書瑤倒是沒那麼生氣，比起裴嘉哲，眼前這個人的身分才真真是尊貴無比。而在他的心裡，自己卻是最珍貴的，這讓她很開心。

想到這裡的時候，唐書瑤霸道地說：「景奕宸，你以後可不許有什麼亂七八糟的女人，什麼通房丫鬟、侍妾都不許有，你要是敢有，那我也找別人！」

景奕宸磨了磨牙，雙手緊緊地攥著對方的胳膊，想要訓斥她幾句卻又捨不得，這還是他第一次聽見女子說出如此大逆不道的話，不過他感受到瑤瑤的認真。想到這個女孩武力高，又聰明，他還真怕自己將來有什麼顏色的帽子。

「妳放心，我不會有，妳也絕不會有那個機會！」

唐書瑤抿嘴笑了笑，說她小氣也好，自私也罷，她就是不能接受自己喜歡的人和其他的人做親密的事情。

未來的事情她不知道，但只要他們的關係是親密的，這種事情還是要遵守的。

第四十章

唐書瑤和景奕宸正牽著手，突然傳來一陣急切的腳步聲，她連忙鬆開。

景奕宸還沒來得及表達不悅，修末便在下一刻出現。他一看到殿下，連忙將剛剛收到的書信遞給殿下，這是皇后娘娘親自發的飛鴿傳書，他不敢耽擱，這才急忙送到殿下面前。

看到書信的那一刻，景奕宸的目光閃了閃，說實話對於他的生母，早在對方放棄他選擇大哥，並且害怕他妨礙到大哥不惜讓他遠離京城的時候，他對她便已再無留戀之心。

或許是早已想清楚，也或許是已經放下對母后的眷念，此時的他心裡平靜，不再有任何波瀾。

他拿起修末遞上來的信，直接朝著瑤瑤的方向拆開，示意對方一起來看。

他不會瞞著她任何事，自然也會和她分享任何事。

看到景奕宸這個小動作的時候，唐書瑤內心微微驚訝，這應該算作隱私了吧？要知道在前世來說，手機應該屬於每個人的隱私。
關於能不能看伴侶手機這件事，網上的說法各有不同，她以為若是真心相愛，手機也沒有什麼秘密，可以大大方方的給彼此看一下也無所謂，但不要總是偷看對方的手機，畢竟給你看手機，和被偷看手機是兩件事。而偷看這件事，本就是一種不信任。
但是能坦然展現自己的隱私給對方看，這足以說明自己在對方心目中的地位。
唐書瑤看著信的內容不禁皺起眉，沒想到皇子奪嫡在這個世界也是一樣的艱險，太子竟然中了毒，並且已經昏迷半個月了。
唐書瑤擔憂地看著旁邊的景奕宸，中毒的是他的親大哥，即便是太子倒下，對於他來說也是不利的。
畢竟無論是哪個皇子最後上位，奕宸的處境都不會太好……
察覺到唐書瑤擔憂的目光，景奕宸收起書信，輕輕地拍了一下她的後背，呢喃道：「瑤瑤別怕，即便是我大哥中毒，我母后也不是那麼容易被打倒的人，只不過，我不能繼續待在這裡了……」
說到最後，他的聲音也變得更加低落。若是以往，他不在意太子大哥中不中毒，更不會理會母后讓他回京的命令，可是現在的他卻不得不考慮，否則不管是哪個兄弟登上那個位置，他的下場都不會太好，而他還想有更多的時間去陪著瑤瑤，他想要好好的活下去。

所以此時此刻，他不得不做出這樣令他難受的決定，他要離開這裡，回到那個讓他陷入黑暗的世界，但是這一次，他會將他的光、他的溫暖放在心中一起離開。

「我知道，京城的事很重要，你回去以後，記得讓將軍給我傳信，還要好好吃飯、好好睡覺；還有重要的一點，不許給其他女人接近你的機會；更重要的事，你要每日每日都要想我，吃飯的時候想我在吃什麼，睡覺的時候要夢見我……」

景奕宸再也沒忍住上前擁住了對方。「瑤瑤妳這樣，讓我決定離開的心在動搖！」

「那我可不管，我剛跟你確定心意，你就要離開，這哪裡說得過去？萬一你離開以後，把我忘了……」

「不許胡說！」景奕宸打斷道。

他不會忘記瑤瑤，這是他生命中最重要的人，他絕不會忘掉。

從南山寺回來後，唐書瑤與景奕宸就此分別，她又回到忙碌的開鋪子事業上，這一次在縣城重新開業，除了之前做過的串串香，唐書瑤又加入麻辣燙這個前世人人愛吃的吃食。

麻辣燙一經推出，果然不負她的期盼，他們家的鋪子每日爆滿，而且麻辣燙最主要的精華在於湯底，這一次唐書瑤給麻辣燙的訂價是一貫錢，這也是唐書瑤想要將他們家的鋪子帶往中高端市場的重要一環。

以前賣的串串香便宜，定位也是賣給普通百姓，這一次他們家的鋪子開在縣城，縣城百姓的收入高於鎮上，而且大戶人家多，唐書瑤就想著賣一些貴的吃食，這樣家人們也能輕鬆些。

卻沒想到一貫錢一碗的麻辣燙如此火爆，還把縣城裡有名的老饕都引了過來，這也讓唐書瑤他們家的生意更加的火熱，不出三日的時間，縣城傳遍了唐書瑤家鋪子的名聲。

為此，唐書瑤又多招了兩個小二招呼客人，而興旺和興隆二人則在廚房做菜，生意忙忙碌碌也讓唐書瑤暫時忘記了和景奕宸分別的痛苦。

晚飯後在院子裡散步消食，唐書瑤看著修末在讓文博扎馬步，想到那個人太過擔心自己，便讓修末留下的事情。

他說：「母后那個人我從未小覷過，我相信瑤瑤的身手，但我怕母后她查到妳，所以別讓我擔心好不好？讓修末留在妳旁邊，任何事妳都可以讓他幫妳做。」

自從修末來到家裡以後，家裡人也知道了景奕宸的身分，對於這個相處過的皇子殿下，家裡人都閉嘴不談，只是偶爾看著書瑤的臉會忍不住嘆氣。

她知道是她的家人在擔心，她想開口解釋讓家人不用煩憂，只是空口說不用擔心沒有任何的用處，知道這樣的結果，她對家人時不時的愁緒只能故作不知，然後儘量轉移他們的注意力。

只是沒想到，小弟對於習武竟是產生巨大的興趣，每日都會纏著修末教他武術，即便是最枯燥的扎馬步，並且一蹲便是兩、三個時辰，卻沒有一次嚷嚷過放棄，這倒是讓她刮目相看。

而這也是唐書瑤最近匪夷所思的一件事，她的弟弟真的沒有被人掉包嗎？怎麼短短幾日之間性情變得如此之多。

卻不知在得知未來姊夫是皇子殿下這個身分的時候，唐文博心下一個咯噔，滿是憂煩。

他姊姊以後是不是要受委屈了？別看他年紀小，可這些他也是明白的。小虎以前就跟他說過，小虎爹娘希望小虎姊姊嫁一個兩家門第差不多的人家，這樣他姊姊既不會受苦，也不會受委屈。

倘若男方的門第高於女方，那女方嫁過去會受許多委屈。究竟怎麼受委屈他也不清楚，但他只知道一點，那就是未來姊夫是皇子殿下，而自家只是普通百姓，他姊姊將來嫁給皇子殿下肯定會受委屈。

他不想讓他的姊姊受委屈，所以他只能讓自家提高門第，常聽大哥說科舉可以改變命運，但是跟大哥學字的這段日子，他真覺得自己比不上大哥，就連大哥都比不過，他怎麼靠科舉改變命運？

這也是他聽到家裡來往的客人說的，想要當大官，那就去軍隊；想要去軍隊，首先要會武術，所以他目前能做的事情就是練好武術，然後去軍隊做大官，才能讓他姊不受委屈！

家裡的三進小院已經蓋了一個月的時間，昨日剛好全部蓋完，一家人坐在大堂裡商量著暖房的事情。

現在桃花村的村民對於唐老三一家可是無比羨慕，而他們家也成了村子裡名副其實的首富，加上他們還在縣城做生意，村子裡的村民對於唐老三一家的目光不自覺地帶上了一些欽佩。

翌日一早，馬氏決定鋪子歇業一日，回村子裡準備暖房一事，這是她活了幾十年，可以在村子裡挺胸抬頭，受村民們羨慕的大事，自然是要隆重對待的。

明白娘親的心意，唐書瑤也暗暗支持。

此時唐書瑤一家人坐在大堂裡焦急地向外張望著，倒是唐文昊這個當事人很鎮定地喝著茶。

三年時光一晃而過，這次唐書瑤全家人如此焦急地坐在大堂等待消息，便是為了唐文昊鄉試的成績。

讓所有人意外的是，唐文昊竟然是文曲星下凡，縣試、府試、院試皆是案首，幾年不出一個的小三元，可以說是妥妥的舉人了。

面對唐文昊這個未來的舉人，臨溪縣想要巴結唐老三一家的人日益增多，對於唐老三家的幾個孩子都未有訂親的情況，眾人也都理解。

畢竟唐文昊若是考中舉人，那可就是整個安國最年輕的舉人了，要知道上一個最年輕的狀元也是十九歲，就被稱為安國神童，而唐文昊他才十七歲！

對於這樣的人才，唐老三家沒有選擇早早地給孩子訂親，其他人自是明白這是要往上走的意思。

而唐文昊的妹妹唐書瑤，如今也是出落得亭亭玉立，聽說這唐氏酒樓和唐氏客棧便是她一手創立的。而唐氏酒樓和唐氏客棧已經是順玉州最大、最有名的酒樓和客棧，順玉州有二十四個縣，而這二十四個縣都有唐氏酒樓和唐氏客棧的影子。

這也是外人提起唐老三家，最欽佩的地方之一。

儘管這兩年上門提親的大戶人家眾多，但唐老三一個都沒有答應，畢竟大兒子是這文曲星下凡，還有二女兒是個小財神，都是寶，擱誰都不會輕易訂親。

況且，唐文昊今年剛十七歲，好男兒到二十歲成婚也是有的，再加上對方可是年紀最小的秀才，也很大可能是最年輕的舉人，這往上升的可能性太大，明眼人一眼便能看出來，自然是不會輕易許下婚事，少年前途無量，婚事自然要慎重啊！

「解元！解元！公子高中解元啦！」洗硯一路奔跑回來，大聲喊道。

馬氏激動地起身，瞪大眼睛喃喃道：「解元？真是解元？唐禮義，我沒聽錯對不對？」

「妳沒聽錯！我兒子是解元，我就是解元老爺他爹，哈哈哈！」唐禮義滿臉喜色，也同樣激動地站起來。

此時興旺與興隆，還有洗硯三人一同向東家道喜。

唐書瑤笑著伸手遞給他們三人每人一個紅包，又走到唐文昊面前笑道：「恭喜大哥呀，高中解元！」

唐文昊溫柔地笑了笑，臉上的笑容也比平時深，不過看到妹妹真心實意的道喜，他內心的激動卻漸漸地消退。

外人都道他唐文昊是文曲星下凡，其實這一切的功勞應該歸功於妹妹，若是沒有妹妹的指導，他或許也能考中舉人，但卻不能是第一名解元。

自從家裡的生意蒸蒸日上以後，妹妹的空閒時間多半是和他一起唸書，讓他感到驚訝的是，妹妹的思維和見解都異於常人，他忍不住發出感嘆：若是妹妹是個男孩子該有多好？這樣他們兄弟二人將來科舉做官，也能有個照應。

每每驚豔於妹妹的才華，他都忍不住發出這樣的感慨，但是妹妹卻說：「大哥，這世上不讓女子做官，那我只能對銀子感興趣了，再說家裡有大哥這個讀書人就夠了，我呢，跟在大哥的後面，受大哥的庇護，多好啊！」

想到妹妹豁達的性情，更讓他時常惋惜。轉念又想到皇子殿下的事情，這也讓他從得知自己高中解元的喜悅中立刻冷靜下來。

他看著妹妹說道：「大哥多謝小妹的道喜。」說著還似模似樣地拱了拱手，引得書瑤捧腹大笑。

就在此時，縣老爺帶著一群人來到唐書瑤家裡，唐禮義和唐文昊親自上前招待。

裴縣令看著年紀輕輕的解元，內心不由得感嘆：若是嘉哲也能有這般才華該有多好！

在得知自己親生兒子為了一個開鋪子的女子居然不要通房丫鬟的時候，他險些沒被氣死，被一個身分低賤的女人迷了心竅，還說什麼守身如玉，這還是他頭一次聽說這狗屁理論。

他本想著既然兒子喜歡，一個女人而已，大不了就讓她提前進府，沒想到那小子真的是被那女人迷了心竅，說什麼要娶她為正妻，真是荒唐！

這幾年他矯正不了兒子的想法，只能讓夫人阻止兒子與那女人接觸，倒是沒想到有朝一日，自己竟然藉著他輕視的、身分低賤女人的大哥升了官職。

想到自己管理臨溪縣已有六個年頭，今年剛好是官職調動的一年，之前一直跟上峰打好關係，就是為了今日能有個好去處。

沒想到在他管理的縣城裡，竟然出了一個小三元！

裴縣令一直關注著這個孩子的考試成績，他這人對讀書人是敬重的，雖不喜對方家人的身分跟自己的兒子有瓜葛，但是他從未想過要出手阻礙對方的考試結果。

只是沒想到，自己的一念之慈竟然給他帶來了好運，這個連中四元的唐文昊，也成為他政績最好的一筆，即便是上峰也時常感嘆他是走了大運。相信再過不久，他便可以離開這裡，升職是一定的，只是能否回到京城便未可知了。

裴縣令誠心誠意地向唐家道賀後便離開了，畢竟這裡有他又喜又厭的兩個人，見了總是心情複雜，他也不想再和唐文昊有什麼牽扯，就這麼一拍兩散為佳。

原本想到對方此時的身分，倒是可以考慮做個兒女親家，然而前幾年自家夫人徹底得罪過唐家，而唐家也知道自家的心意，照唐家以往的做派，若是此時去談親事，怕不是得被趕出來。

轉念又想到嘉哲那個臭小子，雖然也中了舉人，但和人家大哥差了不少。

唉……罷罷罷！臭小子的事情，就由他自己去頭疼去吧。

第四十一章

縣令大人走後，唐家又來了許許多多的人來道喜，有桃花村的村民，景陽鎮的大戶人家，以及縣城做生意的人家。

這一日唐書瑤一家人都在招待外人當中度過，疲憊了一天也讓他們對於唐文昊高中解元的心情減緩了不少。

三日後，唐書瑤家裡在唐氏酒樓舉辦了答謝宴，然而在這個全家最高興的日子裡，家裡的成員唐文博卻不在家。

自從唐文博跟修末習武後，他對於去往軍隊的心更是堅定，每日不僅勤學武藝，對於唸書的事也是非常認真，因為姊姊說過在軍隊裡有勇無謀，也成不了大事。

所以對於非常排斥唸書的唐文博，也刻苦唸書起來，在全家人都以為唐文博也是一個讀書的好苗子之後，他去年卻獨自一人跑去了軍隊。

等他們找到他的時候，唐文博已經有了軍籍，不能改變，當時唐書瑤氣得將他揍了一頓，可是最終也沒有任何辦法改變這個事實。

本來唐書瑤想傳書信給景奕宸，希望他幫忙解決掉此事，沒想到唐文博阻止了這件事，他說：「姊姊，我跟修末大哥學了兩年武，我現在能對自己的安全負責，而且這是我的夢想。姊，妳不是常說人活在世上，得有一個夢想、得有一個奮鬥的目標才可以嗎？」

這番話讓唐書瑤無法再阻撓，只能讓修末暗中保護他。

一開始修末並不願意，他留下來的職責就是守護唐小姐，若是讓他去保護唐文博，豈不是違背了殿下的命令？

最後還是唐書瑤給景奕宸傳了書信，修末才去保護文博。

這三年的時光裡，每一年的七夕節景奕宸都會偷偷出京來到唐書瑤的身邊待上幾日，之後再回到京城，平時的時候便是互通書信，就這樣遠距離戀愛，二人的感情倒是有增無減。

答謝宴一過，唐文昊在親自答謝自己的恩師過後，一家人開始準備上京城的事情，此時已是九月深秋。

會試在鄉試的第二年三月分舉行，地點是京城，考過會試便是進士，會試之後便是殿試，由皇帝親自出題監考，這是科舉的最後一次考試，而官職的分配也在這最重要的殿試。

臨溪縣距離京城很遠，有水路和陸路兩種選擇，走水路需要兩個月的時間，走陸路則需要一個半月的時間。

唐書瑤一家人決定全家都去京城，畢竟這裡的生意穩定，每個酒樓、客棧的掌櫃都是唐書瑤親自買下的，即便他們一家人離開也不會影響到自家的生意。

而且他們一家人去京城也是為了唐書瑤，畢竟那人是高高在上的皇子殿下，且看著他和唐書瑤的相處很好，並未有什麼不愉快的事情發生，這也讓他們一家人更頭疼，自然得一起去京城。

這幾年來唐書瑤的生意做得越來越大，他們在臨溪縣也買了一幢五進的大宅子，如今的財富，即便是在京城買一幢大宅子也是小事一樁。再加上會試也在京城，自然是要提前到京城買好宅子，也方便唐文昊安心在家讀書。

一家人商量過後開始收拾行李，準備出發前往京城。

看到站在院子裡的唐文昊，唐書瑤走過去站到對方旁邊，望著落日的紅霞，心情格外的舒暢。

唐文昊聽到腳步聲，低頭看著自己的妹妹，這幾年他眼看著那人與妹妹的書信往來，越發擔心自家的妹妹陷在這段感情裡不可自拔，他是不明白愛情的，只是看著妹妹臉上的笑容，也更加讓他堅定努力讀書的目的。

當小妹在家裡錢不多的時候提出要送自己去唸書，當自己唸書遇到難題不理解的時候，小妹會在一旁解釋，所以當得知那個男人是皇子殿下這個身分的時候，唐文昊明白，他能做的只有不斷地向上爬，爬到那個能庇護妹妹、庇護家人的位置才可以。

唐書瑤一家人這次去京城選擇了陸路，並且雇傭了一個鏢局一同前往，這世道出門遠行，若是單單幾個人是不可行的，雖說安國治安還是挺好的，但也不乏有山賊、盜匪一類的存在。

雖說唐書瑤自己不怕，但同行的是爹娘和大哥這幾個最親近的人，她生怕自己顧不了周全，若是傷到他們其中的任何一個人，她都會痛恨自己一輩子，所以儘管出門前馬氏拒絕雇傭鏢局同行，覺得這是件浪費錢財的事情，因此不同意雇傭鏢局，但是唐書瑤卻堅持雇傭。

畢竟她對這個世界的治安不是很了解，若是只有她自己一個人就罷了，只是這裡還有她最在意的家人，她不得不慎重考慮。而馬氏雖心疼銀子，最終仍不得不同意女兒的想法。

唐書瑤此次雇傭的是整個鏢局，人數大約有三百人，這一次去京城給了鏢局二千兩銀子，也難怪馬氏會想要阻攔，這個價格可以說是天價了。

只是這個鏢局是臨溪縣最好、武力值最高的永安鏢局，而且大當家、二當家也會一同前往護送，費用自然是極高的，不過這半個月的行駛中，唐書瑤看著這鏢局的人行事作為倒是很滿意，覺得錢花得值得。

在去往京城的路上，每到一個地界，鏢局都會有前去探路的人，從未有過懈怠，而且鏢局的人紀律嚴明，全程不說八卦，也不曾對她家有過窺探，這點也是讓唐書瑤很滿意的。

天色將黑，他們已經連續趕了一日的路仍未趕到下個鎮上，此時永安鏢局的大當家走過來說道：「東家，這裡距離下個鎮上還有五十公里，看來今夜是趕不到鎮上了，不如在此歇息一夜如何？」

唐禮義點點頭同意對方的觀點，坐馬車坐得腰疼、背也疼，能休息休息自然是好的。如今雖是十月，但樹林裡溫度還沒有特別低，而且他們帶了大棉被，將就一晚還是可以的。

知道今夜會在這裡休息，興隆與興旺二人開始燒火做飯，唐書瑤披上斗篷繞著馬車轉了轉，也不知怎麼，她今日感覺不太好，心慌慌的，說不出來地難受。

唐文昊走到妹妹旁邊，看著她臉色不太好，內心有些自責，關切道：「可是身體不舒服？我讓興隆煮碗薑湯給妳暖暖身子！」

「我身體好得很，就是不知道為什麼感覺心慌慌的，大哥你說我這是有什麼不好的預感要發生的意思嗎？」

「怎麼會？好啦別亂想，肯定是書瑤這段日子連續趕路累壞了，別想那麼多，妳看咱們可是雇傭了臨溪縣最好的鏢局呢，這麼多人跟咱們一起，哪個膽大的山賊敢找上咱們呀？走吧，飯都做好了！」

「好。」唐書瑤應道，雖然大哥的話很有道理，但是她心慌慌的感受卻沒能減少，反倒隨著時間的推移、夜幕的降臨，變得更加的嚴重。

伴隨著周圍人的呼嚕聲傳來，唐書瑤的不安更嚴重了，索性穿好衣服準備下去走走。

剛跳下馬車的那一瞬間，「嗖——」一根箭急速朝唐書瑤的臉射來，那箭離她的臉只有一公分，幸好她及時抓住，否則後果不堪設想，而此時的她右手發麻，血也從她的手中流出。

「夜襲！夜襲！夜襲！」

巡邏的人看到唐書瑤沒有受傷，深深地舒了一口氣，隨即大聲喊道，瞬間，整個鏢局的人全部起來拿上手中的兵器，圍在唐書瑤一家外面。

馬氏被驚醒，急切地掀開簾子看到女兒還在外面，手上拿著一根箭，嚇得要暈過去。

聽到聲音，唐書瑤上前安慰道：「娘，我沒事，您在馬車上別下來！」

回過神的馬氏急道：「瑤瑤聽娘的話，趕緊上馬車！」

「好。」

此時從四面八方衝出黑衣人，他們目標明確，下手迅速，一看便是受過訓練的人，看到態勢，唐書瑤緊皺著眉頭，心道：這群人是來殺他們的，並非是什麼山賊想搶劫！

永安鏢局的人雖然在普通人看來很厲害，只是和這專業的殺手面前相比，終究差了不是一星半點兒，不到一刻鐘的時間，便已倒下了一大半，血腥味瀰漫著樹林，驚醒了樹林深處的狼群。

或許是看到這群黑衣人實力太強悍，有幾個鏢局的人嚇怕了向外跑去，只是這群黑衣人似乎不想留活口，也或許是他們的身分見不得光，不想讓這件事洩露出去，逃跑的人都被一一滅口。

看到這個局面，永安鏢局的大當家和二當家臉色鐵青，他們沒想到一次小小的護送，竟讓他們鏢局的人命喪至此，只得拚盡全力廝殺，奈何敵人太過強大，如今黑衣人只倒下了幾十個，而他們卻是只剩下幾十個人。

看到這一幕，馬氏的臉色變得青白，眼神充滿了絕望，唐書瑤將爹和大哥拽向她們這輛馬車，一家人擠在一輛馬車上，等待時機。

在黑衣人衝向唐書瑤他們馬車的時候，唐書瑤抽出桌子底下的劍和對方廝殺。

「書瑤！」馬氏淒厲地喊著，一旁的唐禮義死命地拽著馬氏和大兒子，也是一臉的絕望。

可他們沒想到女兒竟然會武功，和黑衣人的實力不相上下，這讓他們瀕臨絕望的心又重新燃起了希望。馬氏努力冷靜下來，死死捂住自己的嘴巴，唯恐自己給女兒添亂。

血腥味越來越重，狼嚎聲也越來越近，這個場面也讓唐書瑤的心變得更加沈重。

隨著時間的推移，永安鏢局的人陸陸續續倒下，最後只剩下二十六個人在苦苦支撐，唐書瑤以一己之力阻礙了黑衣人進攻家人的行為，只是身上也添了很多劍傷。
此時唐禮義、馬氏和唐文昊三人在馬車上淚流滿面，他們手無縛雞之力，一旦下了馬車瞬間便會被滅口，只是眼睜睜地看著唐書瑤受傷，卻不能上前幫忙的無力感，讓他們再一次地陷入了絕望。
看到女兒被砍傷的那一刻，馬氏幾乎沒忍住想要衝下馬車，只是這樣的行為引得唐書瑤分心，身上又挨了一劍。知道自己是在給女兒添亂，他們再也不敢亂動了。
突然，圍攻唐書瑤的黑衣人增多，致命的一劍朝她身上砍去！
「不——」馬氏控制不住地尖叫道。
最後關頭，從遠處射來一根箭打斷了那個偷襲的人，也讓唐書瑤躲過了一劫。此時，景奕宸帶著一隊人馬向黑衣人衝來，而他則騎著馬衝向了唐書瑤，右手將她攔腰抱到馬上。
逆著月光，唐書瑤看著他的下頜，然後目光觸及到對方滿臉後怕的眼神，她在他的臉上讀出了自責和害怕，這讓她徹底安下心來。
在景奕宸帶著幾百人衝過來之後，領頭的黑衣人瞧著形勢不好，便下令撤退，修榮帶著部分人馬去追趕。

「是我不好，我不該放任妳自己來京城。」景奕宸自責道。

「誰能想到會有黑衣人要來殺我們呢？別自責了！」

唐書瑤的話沒有讓他受到安慰，反而更加難受，他早該猜到五皇子那個人的手段，因為他的疏忽大意，竟讓瑤兒受了這麼多苦，都是他的錯！

看到爹娘下馬車向他們走來，唐書瑤拍了拍景奕宸的胳膊。「我爹娘過來了。」

聽見唐書瑤的話，景奕宸翻身下馬，並將她抱了下來，見他們要下跪行禮，搶先說道：「伯父、伯母，不必拘於禮數。」

「這……」唐禮義和馬氏互相看看，臉色有些拘謹，沒想到堂堂的皇子殿下竟然叫他們伯父、伯母，他們哪受得起？

唐書瑤走過來勸道：「爹、娘、大哥這裡沒有外人，以前見到他怎樣，現在也一樣嘛，沒事。」

見女兒這麼說，而且皇子殿下一臉認同的模樣，唐禮義三人便沒有行禮，剛剛受過驚嚇，現在又見到皇子殿下，這一晚上心力交瘁，他們的臉色更是難看。

此時景奕宸的手下在周圍點燃了火把，狼群倒是不敢過來，只是周圍都是屍體，血腥味太重，他們也不能繼續留在這裡。

唐書瑤跟鏢局的大當家商量過後，讓他們在此將鏢局死去的兄弟埋葬，待他們埋葬過後，唐書瑤特意給了他們一萬兩銀子算作安撫費，他們就此離開。

永安鏢局本就敬業，如今知道景奕宸的身分，更不敢再說什麼，拿著銀子便告辭了。

第四十二章

景奕宸護衛著唐書瑤他們趕往鎮上，找了一家客棧好好休息了一日。

此時遠在千里之外的京城一片沸騰，沒想到自私涼薄的七皇子竟然有了心上人，還是一個舉人的妹妹，且為了心上人的安全，居然連夜出京前去保護，這讓朝野上下的人驚詫不已。

而皇宮的一座宮殿內，收到手下消息的五皇子景昌裕揮手打掉了桌子上的茶杯，猛地站起身來，走到窗邊，瞇了瞇眼，望著窗外嬉戲的鳥兒喃喃道：「七弟呀七弟，沒想到我皇家竟出了個癡情種，我倒要看看這是什麼樣的美人，竟能將我七弟迷得神魂顛倒，哈哈，哈哈哈，哈哈哈哈！」

唐書瑤看著站在庭院的景奕宸，下樓走到他旁邊，關心地問道：「一夜未睡，你是不是累壞了？」

他轉過身看著唐書瑤，輕聲道：「我不累，想著妳來到京城，我心裡滿是歡喜，只是讓妳受傷，這都是我的錯。對不起瑤兒，是我沒能保護好妳，讓妳受到傷害。」說著他心裡滿是酸澀。

他想了三年，念了三年的人兒，卻因為他的疏忽大意而受了這麼多劍傷，一想到昨晚見到的那一幕，他的心滿是後怕，倘若他晚來一會兒，一想到那個可能，景奕宸的心就一陣陣的痛。

那種見到心愛的人即將消失在他面前的巨大悲痛，他再也不想感受到，也是昨夜，他才徹底明白眼前這個人，對他來說有多麼重要。

以前，他知道他自己的想法，他知道他心悅瑤兒，會想著她、念著她，想要時時刻刻陪在她身邊。

但是經過昨日他才深刻地明白，原來他之前的想法是不對的。瑤兒就是他的一切，比他的命更重要，見到瑤兒受傷的那一刻，他的心就像是被人刺傷了一般，痛得他恨不能殺光了所有的人，只是僅存的理智告訴他，不能這樣做，他要先照顧他的瑤兒，要保護她。

此時的景奕宸陷入深深的自責中，神情悲痛，唐書瑤看著奕宸的模樣，上前靠在他的胸前，輕聲道：「我沒事，別再想了好嗎？」

景奕宸感受到唐書瑤傳遞來的溫暖，緊緊地擁住對方，壓下自己內心深處的黑暗，柔聲道：「好。」

他知道自己不是一個好人，從小在皇宮長大，見識過許許多多人性的醜惡，他厭惡那些事，但為了保護自己卻也不得不做著他所厭惡的事情，在他第一次殺人後，地上流淌著紅色的血，也讓他內心的狠戾漸漸化為平靜。

他並不喜歡自己雙手沾滿鮮血的模樣，但是為了瑤兒，他不在意。如今，瑤兒在他的身邊，若說他之前身處黑暗，此時他卻想來到光明，因為他的瑤兒喜歡光明，他願意褪去他的黑暗，與她一同站在陽光下。

兩人在庭院裡一直待到夕陽落下，才回到屋子裡吃晚飯。

接下來趕往京城的路上，再沒有出現過刺客，或許是知道有七皇子護送，他們一路平安無事地到達京城。

進了城門後，唐書瑤便感受到京城百姓的喧鬧，叫賣聲、討價聲、爭執聲不斷，路上來往的行人眾多，但對於景奕宸的護衛隊，百姓自發地避開，他們雖不知此人是誰，但憑藉他們的穿著知道是什麼軍官一類的，自然是主動避讓。

隊伍向前行走，景奕宸騎著馬慢慢移到唐書瑤馬車旁邊。「伯母，瑤兒，之前瑤兒託我在京城買一處大宅子，就在東城區，我們直接去那裡可好？」

馬氏聽到七皇子的話，扭頭望向自家閨女，見女兒點點頭，應道：「多謝殿下。」

「伯母客氣了。」說完景奕宸騎著馬向隊伍前面趕去。

唐書瑤她自己知道之前可沒有讓他在京城買什麼宅子，這人怕是自己偷偷買完送給自己，只是如今娘親在旁，他卻說什麼是自己委託他買的。真是！想到這裡她嘴角微微上揚，她感受到他的心意，心裡泛著一絲甜蜜。

此時長安街上最大的酒樓裡，大皇子景天祺、五皇子景昌裕、八皇子景瑞霖，還有景奕宸母族這邊的表妹薛家大小姐薛婉檸以及禮部尚書的二小姐蘇荷都來到了這裡。

大皇子景天祺在天字三號間，五皇子景昌裕和八皇子景瑞霖在天字二號間，薛家大小姐薛婉檸和蘇荷在天字五號間。

看著即將從酒樓門前經過的七皇子車隊，蘇荷望著身邊的薛婉檸諷刺道：「咱們大老遠跑到這裡，連人家長什麼模樣都看不到，瞧瞧七皇子將人家護得多好？嘖嘖嘖，枉費某人自詡是七皇子的表妹，未來的七皇妃，現在還不是什麼都沒有！」

「說夠了沒有！」薛婉檸低斥道。

「怎麼？大小姐脾氣來了，還說不得了？我偏要說，薛婉檸妳有什麼了不起的，還不是仗著自家是七皇子母族家的身分，不過只是二品大臣之女……」

「蘇荷！」

「喲，惱羞成怒了？」蘇荷嘲諷道。

薛婉檸冷冷地瞥了一眼蘇荷。「我再不濟也是七皇子的表妹，還有皇后娘娘為我做主，妳算什麼？」

「妳！」過了半晌，蘇荷說道：「還不走嗎？看都看完了，人家的車隊早就走了，妳還真要留在這裡吃晚飯不成？」說完她起身帶著丫鬟離開。

留在單間的薛婉檸眼神陰鷙地盯著窗外，手下的帕子早已被她撕爛，而另一間屋子裡，景瑞霖興致缺缺地說道：「五哥，你這一清早就將我喊醒，跑到這裡就為了看七哥的女人，可是咱們等這麼久，不還是什麼都沒看到！」

景昌裕笑道：「別急，自是能見到！」

唐書瑤一行人的馬車進入城內又晃晃悠悠走了半個多時辰，終於到了宅子，唐禮義和馬氏下了馬車一眼便見到兩尊高大的獅子雕像，抬頭向上看便是金碧輝煌的「唐府」二字，從門口便可窺見這宅子的奢華大氣。

馬氏很是驚愕，又轉頭看看女兒，見女兒面不改色，便收起臉上的驚訝。

這座宅子位於東城區，京城分東南西北四個區域，住在東城區的多數是達官貴人，住南城區的多數是貴族子弟的旁支，住在西城區的則是富商，而住在北城區的多數是普通百姓。

景奕宸知道唐書瑤一家這一路很辛苦，將他們送進新家後便不再過多打擾，回到皇宮中。

此時養心殿內，皇帝臉色蠟黃地躺在榻上，聽著七皇子的解釋，微微合眼，低沈道：「那姑娘是什麼身分？」

景奕宸聽到父皇的問話，輕輕抬頭，見父皇仍是那副表情，思索一番，如實回答。

皇帝看著底下跪著的兒子，注意到他的右手緊緊地攥著袖口。他一直知道，奕宸這個孩子緊張的時候就會有這個小動作，可能這孩子自己都沒有發現。這些日子京城的謠言他都清楚，他也是萬萬沒料到這個冷冰冰的兒子竟會是一個癡情種。

想到他年少剛剛登基那會兒，他為了讓這個國家更繁榮昌盛，偷偷溜出宮去暗訪民情，沒想到在橋下救了一個平民女子。

那一救，他的心也落到她的身上，她身上有這世間沒有的靈氣，她和所有的女子都不一樣，她溫柔又不失活潑，她聰慧又不失可愛，她善解人意又不乏有些小衝動，她是世間唯一，可惜……

想到這裡，皇帝又看向自己的兒子。當年是他的母后毀了她，以至於這麼多年他們母子二人有了隔閡，直至母后臨死之際，他才去見她一面。

想到自己的往事，又看到這個與自己相似的兒子，也不知他的母后是否知道這件事，會不會像當年母后那般毀了那個女子？或許會吧，畢竟自己的皇后，她原本就是那樣不擇手段的人！

皇帝感嘆道：「你的事，朕不干預，但恐怕會干預的大有人在！」

景奕宸驚訝地抬起頭，他本是做好打算，跟父皇做個交易，以此換取父皇的承諾，只要解決了父皇這邊，母后那邊她暫時不會有什麼動作，剩下的就是防著其他皇兄，這樣一來瑤兒就會安全了。

沒想到父皇會這般輕易地放過他，他反應過來立即謝恩。

皇帝看著這個從小到大臉上沒有任何情緒的兒子，沒想到今日會露出這麼明顯的高興，他這心裡說不出是什麼滋味。

也不知是羨慕他得到自己沒有得到的，還是憂慮他的弱點從今日開始就要被世人所知。唉！罷了罷了，今日想得太多了，他這身體有些受不住了，便讓奕宸離開了。

也不知休息了多久，皇帝起身，看著上前攙扶自己的黃公公，瞧著燭光下他滿臉的皺紋，不禁長長地嘆了一口氣。

黃公公抬頭看著皇帝，不解地問道：「皇上可是有什麼心事？」

他陪伴在皇帝身邊四十年，可以說是皇帝的心腹，對於打探皇帝的心事這件事他也未曾有避諱。

二人走至窗前，黃公公拿過披風給皇帝披上以後，才打開窗戶。

皇帝看著滿天的繁星，心情變好了許多，他說道：「今夜這星星可真多、真美，若是小彩還在，必然歡喜地同朕講，星星太好看了，怎麼看都看不夠！」

黃公公聽到皇帝的話，望了一眼天上的繁星，又瞧瞧皇上，似是同情地搖了搖頭。

皇帝若有所感，側過臉說道：「朕今日看到奕宸那孩子，看到他得償所願，便想到朕當年和小彩的事情，直到今日朕還是後悔，若是朕當初沒有出皇宮該有多好？若是朕當初沒有遇見小彩多好？若是朕當初提前知道母后的想法，那該有多好？

「朕念了她一輩子，思了她一輩子，恨了她一輩子，又自責了一輩子，朕這一生都想要忘記這個人，可是卻依舊記得清清楚楚，朕常常想起她的話，每日每日，她笑的模樣，哭的模樣，絕望的模樣，還有最後那一眼留戀朕的模樣。咳咳咳……」

聽到皇上的咳嗽聲，黃公公立即上前加了一件披風，他知道皇上的性子，十分執拗，即便身子難受，也改變不了皇帝的想法，但仍然勸說道：「皇上，起風了，咱們關上窗子吧！」

「咳咳，不必，咳咳，朕今日心裡不舒服，看到這滿天的星星，就像小彩在朕的身邊一般，朕這才心裡舒坦多了。

「自她離去，朕便遵守對她的承諾，好好吃飯，好好活著，好好治理安國，在朕統治這幾十年，國家繁榮昌盛，百姓富足，朕對她的承諾做到了，咳咳！」

皇上咳嗽後喘息了一陣，又道：「也不知道奕宸那孩子會不會和朕走上不一樣的路？朕的身子朕自己知道，看著燈枯油盡，實則好好休養，還能活上很久，只是朕之前不想活了，朕雖然擁有整個安國，但朕最想擁有的人卻早已不在世間。朕都不知道朕活著還有什麼意義！」

黃公公立即下跪祈求道：「皇上，您是安國的皇上，整個安國都需要您，您萬萬不可這麼想呀！」

皇帝望著夜空繼續說道：「你起來吧，朕的奕宸也長大了，你瞧他這幾年做下的事，比朕的能力還要強，朕將國家交給他也是好的。」

黃公公起身起到一半聽到皇帝的話，又直挺挺地跪下哭道：「皇上，您是萬歲啊！您、您……您就是將國家交到七殿下的手上，您也要繼續活著呀！」

皇帝嘆了一口氣，轉過身扶起黃公公，說道：「那是朕之前的想法，現在朕想好好活著，想看著奕宸能不能護住他的女人，想看看當年是不是自己的錯！」

聽到皇帝這般說，黃公公明白皇上的意思，心裡的石頭落了地，臉上的笑容也深了深。他這一輩子是將皇帝當兒子養的，他從小被賣，最後來到皇宮做了閹人，早已沒有親人的存在。

眼前這個他從小撫養長大的皇帝，也是如今他在世上唯一的依靠，若是皇帝離開，他也不知該如何活下去。金錢、地位，該得到的他都得到了，活了一輩子，苦了一輩子，除了皇上，他也是沒什麼可留戀的。

第四十三章

「東家！東家！」興隆疾步向大堂跑來，邊跑邊喊道。

馬氏頭一次聽到興隆如此顫抖激動的喊聲，慌了一下神，問道：「這是怎麼了？怎麼聲音都變了？」

興隆拍著胸脯喘著氣說道：「宮裡、宮裡……宮裡來人了！」

她的話音一落，屋裡闖進來許多穿著宮服的太監和宮女，張總管進來時睨了一眼興隆，接著掃視整間屋子後，淡淡道：「咱家是來替皇后娘娘宣旨的，你們這府上的人都到齊了沒？」

馬氏頓時被這個場面嚇傻了，一旁的唐書瑤上前解釋道：「公公，我爹還有大哥不在，我這就叫人去喊他們過來，天氣涼了，您先坐下喝口熱茶吧。」

張總管打量了一眼眼前回話的女孩，心中猜想這應該就是七殿下的心上人，不好再擺架子，便走到上座端起茶杯等待。

不到半盞茶的時間，唐禮義和唐文昊來到了大堂，見人都到齊，張總管站起身說道：「奉皇后娘娘懿旨，宣唐禮義之女唐書瑤進宮覲見！」

「這……」馬氏慌張道。

唐書瑤立刻扯住娘親的袖子，上前詢問道：「不知公公可知皇后娘娘宣民女進宮有什麼事情？」說著將手裡的銀票遞到張總管手中。

看向手中的銀票，張總管的臉色緩和了許多，但仍說道：「咱家怎敢揣測皇后娘娘的心意？別廢話了，跟咱家進宮吧！」

全家人都焦急地看向書瑤，她用眼神安撫了他們，隨後跟著張總管進宮。

皇宮內幾乎走十步便有一隊侍衛在巡邏，走到後宮的時候雖然沒有這麼森嚴，但仍隨處可見太監、宮女，可以想像到皇宮的守衛有多麼森嚴。

這一路走來，唐書瑤看著周圍的景色，前世她也曾去過故宮，故宮壯麗、唯美，而皇宮則是富麗、奢華，地面的瓷磚可以折射出人的模樣，隨處可見外面沒有的鮮花，即便是在深秋冬季，仍開得繁盛。

大約走了一個時辰，這才走到了皇后住的椒房殿，一進殿內，空氣中瀰漫著淡淡的蘭花香，皇后倚坐在榻上，她的前面擋著一層紗帳，宮女將紗帳拉開，露出皇后的面目。

歲月未曾在她的臉上留下痕跡，只是從眼神中看得出來皇后的年齡已不再是黛綠年華。她的眉毛彎彎，眼睛不大，卻格外的深沈，鼻子和奕宸一模一樣是鷹勾鼻，也讓皇后的面相帶了幾分的硬氣。

匆匆打量了一眼皇后，唐書瑤跪下。「民女參見皇后娘娘。」

半晌，皇后說：「抬起頭來。」

皇后仔細打量了一眼這個女孩。「這便是我兒的心上人？生得確實不錯！」

皇后話音一落，殿內又變得寂靜，宮女們下意識地屏住呼吸，不敢探頭。

也不知過了多久，皇后才讓唐書瑤起來。

在椒房殿待了一個時辰，期間未說過一句話，皇后便讓唐書瑤離開。

待唐書瑤走時，皇后的眼神緊緊地盯著她的後背，她不須回頭也能感受到皇后的冷意。

皇后想著剛才那丫頭的表現，心中讚嘆不愧是她兒看上的女人，平民出身卻如此鎮定，未曾露過一絲害怕。

可轉念一想，便是這個女人妨礙了他們母子之間的感情，奕宸從小到大都是聽她的話。自從三年前回來，人卻變了一個樣，她派人調查才知道奕宸在外面認識了一個女人，這女人手段倒是了不得，將她兒子迷得團團轉，還想染指大權控制她？呵！

想到這個宮裡都是人精，她一早便知道城西出了事，奕宸會過去處理，想必也趕不及回來，那丫頭這次入了宮，也不知能否順利出宮，想到這裡皇后眼裡劃過一絲冷笑。

此時唐書瑤獨自一人向宮門走去，剛走到一半，迎面走來一個男人，對方身披黑金色的披風，細長的眉毛下是一雙深邃的桃花眼，直挺的鼻子、淡粉色的唇，明明是一副陽光帥氣的模樣，卻偏偏給人一種陰森狡詐的感覺。

景昌裕走到唐書瑤的面前，彎腰湊近對方，仔細打量對方片刻後，嘴角一勾，道：「妳，唐書瑤對吧？」

「是，你是誰？」

景昌裕直起身子，臉色一沈。「大膽，區區草民見了本殿下竟不行禮，來人啊，給本殿下就地執行宮法！」

唐書瑤立即行禮，並道：「民女初次進宮，未曾見過殿下容顏，如有冒犯，請赦免民女的不知之罪。」

此時從周圍圍上來許多的侍衛，景昌裕看著眼前仍面不改色的女人，下意識挑了一下右邊的眉毛。「不知之罪，呵，說得好！說得好！哈哈哈……」
周圍的侍衛見五皇子殿下的態度，一時之間不敢上前捉拿唐書瑤，相互看了看，又退到一旁。
景昌裕壓低聲音說道：「沒想到妳竟然不害怕，是不是因為這性子七弟才對妳產生感情的？」說完他冷笑一聲。
唐書瑤微微仰頭直視對方，冷靜地說道：「七殿下是因為什麼原因對我產生感情，民女不知，但民女知道殿下您讓人害怕的原因，恐怕不是因為您的身分。」
「那是什麼？」景昌裕有些好奇。
唐書瑤欣賞了一下對方的臉色。「殿下您知道農夫與蛇的故事嗎？」
「什麼意思？」
「從前啊，有一個農夫，他上山的時候救下了一條瀕死的蛇，他細心照料，對這條蛇產生了關切之心，結果這條蛇好了之後，卻咬傷了農夫，自那時起，百姓們都害怕蛇。」
景昌裕心中思索一番，臉色變了變，陰鷙地說道：「妳將本殿下比作蛇，是想說本殿下是忘恩負義的人嗎？」

「民女並沒有這個意思，是殿下您自己說的，這跟民女沒有任何關係。」

「好！好！好一個沒有關係！」景昌裕冷聲道，他沒想到景奕宸那傢伙竟然將他們以前的事情都告訴了這個女人，這個女人對於那小子的重要性，看來他還是低估了。

唐書瑤看著對面的這個男人，也猜到了對方的身分，宮裡面唯一和奕宸撕破臉的皇子，五皇子景昌裕。

奕宸早就跟她說起了皇宮的事情，包括他從小到大的一切，她知道在奕宸四歲左右的時候，那時候和他玩得最好的便是他的五哥。只是後來發生了一件事，導致他們兄弟關係破裂，隨著他們漸漸長大，皇室之間再無手足，奕宸是站在他大哥太子這邊的，自然和其他的皇子關係都不好。

畢竟自古以來，皇室爭儲就是一場生死之戰。

就在這時，景奕宸急匆匆地趕過來。他沒想到母后會將瑤兒召進宮，這事讓他惶恐萬分，現下看見毫髮無損的瑤兒，他才鬆了一口氣。

景昌裕看著眼前這個面無表情的女人，突然露出甜美的笑容，那眼神充滿了期待與喜悅，他下意識地也露出了笑容，只是他並不知道自己表情的變化，而他見到景奕宸那傢伙出現的那一刻，心情更是糟透了。

也不知是知道這女人的笑容是因為七弟的出現而露出的，所以才心情糟糕，抑或者看見七弟就不爽。景昌裕只覺得此時的心情，比平時見到七弟還要煩悶。

「妳沒事吧？」景奕宸跑到唐書瑤身前，緊張地詢問並仔仔細細地打量了對方，見她並沒有受傷的痕跡，才深深地舒了一口氣。

察覺到對方的擔心，唐書瑤笑著說道：「我沒事，一點事都沒有，別擔心。」

景奕宸眼神溫柔地注視著唐書瑤。今日當他得知他的母后宣瑤兒進宮的那一刻，他的心就跳個不停，腦海裡不斷回想著昨日父皇的那句話「但恐怕會干預的大有人在」。

這句話不斷地在他的腦子裡迴盪，讓他的心跌入谷底。他本以為母后不至於做些什麼，卻不料瑤兒今日會一個人進宮，一想到母后的那些手段，景奕宸的眼眶發紅，臉色蒼白，他匆忙將事情處理完，騎著馬奔向皇宮。

幸好，幸好他的人兒還在，看到她，他的心不再難受。

景奕宸轉過身，將唐書瑤拉到他的身後，臉色冷漠地看著五哥。「五哥還有什麼事？」

景昌裕煩悶的心更加不爽，他勾了勾嘴角，譏諷道：「七弟可真是護著佳人。」

「五哥，你都淪落到去為難一個柔弱女子了嗎？」

「你！」景昌裕臉色一沈，餘光注意到周圍還有許多的侍衛在這兒，臉色變得更加沈重。

景奕宸帶著唐書瑤從他旁邊走過，微風吹拂，帶起唐書瑤的髮絲劃過了景昌裕的胳膊，淡淡的櫻草味竄進了他的鼻尖。

景昌裕回頭看著兩人的背影，一旁的大樹遮住了他一半的臉，周圍的侍衛離開了，彷彿天地間只剩下他一人。

離開皇宮以後，景奕宸看向一旁的唐書瑤，心裡想著：他要快一點，再快一點到達最高處，這樣他的瑤兒便再無人可欺！

「你這般看著我，又不說話，在想什麼？」唐書瑤扭過頭調侃道。

「是我不好，若不是因為我，瑤兒今日就不會去皇宮。瑤兒，今日受驚了吧？」

她搖搖頭。「沒有受驚，今日皇后召見我，什麼都沒說，我猜皇后娘娘應該只是想見見我的模樣，而且我在皇宮什麼事都沒有發生。」

「瑤兒，答應我，無論什麼時候都要保護好自己，其他人都不重要。我知道妳武藝高強，若是有人傷害妳，妳就跑，我會為妳收拾局面，任何人都沒有妳重要，即便那個人是我的母后。」

唐書瑤停下腳步，認真地看著對方，見他一臉慎重，不似玩笑，心下微微感動。她從未想過，她的男朋友在她和他的母親之間直接選擇了她，或許是因為那個女人曾傷透了奕宸的心，但是這樣的話，也讓她的心一點點變軟。

她輕輕點頭。「我會保護好自己。」同時也在心底說道：景奕宸，我也會保護你。

修末駕著馬車趕來，見殿下和唐小姐早已出宮，忙向殿下認罪。

這一點小事，景奕宸並未放在心上，他扶著唐書瑤上了馬車，馬車向城外駛去。

察覺到路程並不是回家的方向，唐書瑤有些疑惑。

景奕宸滿上一杯茶，解釋道：「我已經派人去通知妳府上的人，他們知道妳平安無事，所以不要擔心。我知道京城外面不遠處有一個地方景色很美，所以想帶妳去看看。瑤兒，妳不會覺得我自作主張了吧？」

聽完對方的解釋，唐書瑤神情嚴肅，沒有回答對方的話。

景奕宸見唐書瑤的反應，立刻有些慌了，緊緊地抓著對方的胳膊認錯道：「瑤兒，我錯了，我應該提前跟妳商量才是，這樣，我們現在回去吧！」說著他準備命令修末調轉方向。

「欸，不用，不用！」唐書瑤立刻制止對方的動作，她剛才只是想要開一個小小的玩笑，看看他會如何做。

其實說實話她今天挺疲憊的，尤其是深刻地感受到皇權和普通人之間的差距，這確實給她增加了一些壓力。她也在想，在這個時代，除了做生意之外，她究竟還能不能有其他的作為。

她希望減少他們之間的差距，可沒想到一個小小的玩笑，他卻如此認真。他這麼認真，這麼在意她，她能感受到對方在自己心裡的地位也逐漸加重。

以前她或許有些逃避，有些刻意漫不經心，因為這個時代並不是她可以為所欲為的時代，要說顛覆這個天下，她的能力還不足以做到，但是她又有些野心，或者說是不甘心，不甘心她穿越重生的人生，最終變得和這世界的女人一樣。

所以一直以來她內心都在排斥這段感情，一開始她察覺到景奕宸對她的特別，她甚至在心裡總會為對方找藉口，或許他就是這樣的人，或許他就是這樣樂於助人的性格，她總是在為對方的付出找藉口。

後來她想明白，她怕是只能活這一輩子，下輩子可沒有現在的運氣再重生一次，與其對那些虛無縹緲的東西畏懼，不如直接迎難而上，畢竟她有可以全身而退的退路，她也相信她會守護好自己的家人。

他們相處了三年多的時間，這過程中也讓她的理性逐漸減少，雖然他們分開兩地，但是她依然能明顯地感覺到對方的用心，她也感受到他的在意和喜歡，每一次的感動，都令她對讓自己全身而退這樣的理智在減少。

這種感覺雖然會讓她害怕，但更多的卻是甜蜜與幸福。

她看著景奕宸繼續說道：「我剛剛在跟你開玩笑啊，我根本沒有生氣，就是心情有些不太好，想讓你哄哄我。不過，我現在心情好多了，謝謝你，奕宸。」

第四十四章

景奕宸摸了摸唐書瑤的頭髮，將她攬在懷裡，輕輕在她額頭印下一個吻，柔聲道：「瑤兒今日累壞了吧，還有一段距離才到，妳好好休息，到了地方我喊妳起來。」

「好。」說完唐書瑤慢慢合上眼，鼻尖是淡淡的草藥味。她知道他最近都在照顧他的父皇，有時候還會親自煎藥，也是為了他的好名聲，腦海裡想著這些事情，不知不覺間她睡過去了。

景奕宸左手將唐書瑤擁在他的懷裡，右手輕輕地、一下一下地拍著她的後背，動作溫柔至極，像是在安撫，而他本人也不敢挪動一絲，怕驚擾到她。

當唐書瑤醒來的時候，察覺到馬車沒有在動，她揉了揉眼睛問道：「咱們到地方了嗎？」

「到了。」景奕宸回道，暗地裡趁著她沒有注意，捏了捏自己的胳膊。瑤兒這一睡便是三個時辰，肯定是累的，他不忍心叫醒她，即便是這樣看著她睡覺，他也是看不夠的。

唐書瑤聽到對方的回答，掀開簾子便看到此時已經是黑夜了，看看外面的天，又回頭看看景奕宸。「天、天黑了？」

景奕宸笑笑，起身下了馬車，又將唐書瑤抱了下來。

「哎，我自己能下來！」唐書瑤喊道。

景奕宸沒有聽她的話，仍堅持將她抱下來。「可是我想抱著妳下來。」說這話的時候，唐書瑤看著滿眼寵溺的景奕宸，臉頰不自覺地染上了緋色，她最受不了的就是這人滿眼都是她，又總是極盡溫柔的說話。

她在內心感嘆道：這人真是越來越會撩人了！

待心裡平靜些，她觀察著周圍，發現此地只是一處平緩的山頂，並沒有什麼令人意外的景色，心裡不禁有些小失落。

或許是察覺到她的心情，景奕宸雙手遮住了她的眼睛，解釋道：「妳不要偷看，我現在帶妳去一個地方，那裡才是我想讓妳看的。」

「這麼神秘呀？那好吧！」

說著景奕宸一隻手牽著她，另一隻手蒙著她的眼睛，小心翼翼地帶著她向南走去。

沒走多久，他們上了一條小舟，大概過了一刻鐘，唐書瑤才感覺到她上了岸。

「還有多久啊？」

「到了。」說完景奕宸鬆開手。

睜開眼的那一刻，唐書瑤只覺得這世界好美，此時在湖的對面無數盞孔明燈齊齊升向天空，那種視覺震撼，她都不知道該怎麼形容。她激動得捂住嘴巴，向前走幾步，看著滿天的孔明燈。

景奕宸也走到她的旁邊，看著他身旁的這個人。她的眼裡映著他為她準備的驚喜，而他的眼裡只有她一人足矣。

在孔明燈漸漸飄向遠處的時候，景奕宸拿出了兩枚戒指，唐書瑤看到他遞過來戒指的時候，心漏跳了一拍。

「記得妳之前說過，妳夢裡的世界，兩個人想要成婚，男方一定要買婚戒，我雖不知道妳夢中見到的婚戒是何模樣，但我憑著自己的感覺訂製了兩枚，這戒指上面有妳教我的名字縮寫。

「瑤兒，這幾年有妳陪伴著我，讓我覺得這世間充滿著希望，妳就是我的陽光，是我的一切。看見妳的笑容，我的心情也會變好；看著妳受傷，我恨不得毀了這世上的一切。

「但是我知道妳希望我一直開心，所以往後的日子裡，我都會守護妳，我答應妳，有我在的每一刻，妳永遠都不會受到傷害，妳可以放心大膽將妳的安全交給我。

「我會對妳永遠忠誠，永遠愛妳。這輩子、下輩子、下下輩子，甚至是生生世世，我都會永遠愛妳，永遠守護妳，即便我不在了，但我對妳的愛永不會消失。

「瑤兒，與我成婚好嗎？」說完景奕宸單膝下跪，眼神緊張又期盼地望著瑤兒。

唐書瑤看著他最後真的下跪向她求婚，眼眶不禁發熱，她以為在這個世界出生的景奕宸，不會做出這樣的行為，畢竟這裡的人從出生被灌輸的觀念就是跪父母長輩，而他又是這樣尊貴的身分，她真的沒有想到，他會為她做到這般。

說實話，她今晚所看到的一切，都讓她很感動，並且令她終身難忘，她真的無法不愛這個男人。

她認真地點著頭。「好，景奕宸，我也愛你，生生世世愛著你！」

看著她答應的那一刻，景奕宸無法形容，他只覺得這是他人生中最高興的時刻。他站起來為她戴上戒指，戒指上有一顆淡粉色的鑽石，是他尋了很久才找到的。

當他們互相為彼此戴上戒指後，景奕宸高興得抱著她轉圈圈。

「呀，快放我下來，頭都轉暈了！」唐書瑤拍了拍他的背，笑著說道。

景奕宸立刻放她下來，並緊張地詢問道：「頭還暈嗎？我帶妳去歇歇。」

說著景奕宸帶著唐書瑤向屋內走去，此時她才看清這裡的環境。這裡是用竹子建造的屋子，剛剛他們的位置是一個小小的露臺，走進屋內，地面鋪了一層淺淺的棉被，畢竟這裡的氣溫很低。

她坐到榻上，看著這間屋子，和她當初跟他說的一模一樣，她曾說自己很喜歡一間在湖中央的竹屋，沒想到她說的話他都認真地記了下來。

她看著他說道：「現在頭不暈了。這間屋子是你準備的？」

「是，妳說妳喜歡這樣的屋子，然後只有我們兩個人一起在這裡生活，自我回京以後一直在找這樣的地方，這湖很少有人來，所以我便想在這裡建一個我們的家，妳可以上樓去看一下。」

這間屋子是一幢二層的閣樓，因為瑤兒喜歡從高處望風景，因此他便想要建造一個二層的閣樓。

唐書瑤跟著景奕宸一起參觀了這個他們的秘密基地，整間屋子雖然不大，卻處處透著溫馨，在二樓坐在窗戶前看著夜空，想到剛剛滿天的孔明燈，她的嘴角不自覺地揚起。

這人總是這般的注重細節，她說的話，他便為她實現。以前她還會想，這個人又沒有談過戀愛，她嚮往那種浪漫的愛情，恐怕只是奢望了。

沒有想到這個人雖然不懂浪漫，但是他懂得思考、懂得學習，有些事他見到了覺得很好他便會為她去做，有些事在她說過以後，他會認真記在心裡，並為她實現。

這種明明不是浪漫的人，卻總是會給她小驚喜，讓她真心愛極了這個人。

怕一夜不歸爹娘擔心，景奕宸帶著唐書瑤回到了唐府，雖然回去的時候城門早已關閉，所幸他早早地打過招呼，待他們到了城門的時候，便有人立刻打開了城門。

這一夜，對於京城許多的人家注定是一個不眠夜。

蘇府，聽著爹娘得來的消息，說今晚天上的萬盞孔明燈都是七殿下為了那個民女放的，她不屑地撇了撇嘴，又很是遺憾，想著要是七殿下也能這麼對她該有多好？

轉念一想，薛婉檸那個女人肯定也得到了這個消息，想必此時得氣死，一想到那個女人氣得臉色扭曲，蘇荷又笑了。

對她來說，這世間可沒有比氣死薛婉檸那個女人更重要的事情了。雖然不是自己做到的，但是那個民女做到的結果比她更好，那她便希望七殿下早日和那個民女成婚！

翌日，唐書瑤盯著案上的帖子發呆，來到京城這幾日一直不得安生，剛剛又收到了一個自稱薛府小姐下人送來的請帖，說是邀請她去參加賞花宴，想要與她結識一番。

一個素未謀面的人居然邀請她去參加賞花宴，而且這都快入冬了，也不知有什麼花可賞。恐怕，就是一場鴻門宴吧？

此時興隆帶著王公公入府，昨日她已經被東家少爺教導過，他們來的是京城，已不再是原先的臨溪縣，這裡到處都是天潢貴胄、高門大戶，她不能衝撞了貴人，否則這後果是她承擔不起的，因此她今日格外小心。

王公公一入大堂，便看見唐姑娘盯著帖子發呆，一轉眼便是三年不見，再見面對方將成為他家殿下的皇妃，王公公內心不由得感嘆世事難料。

其實當他得知他家殿下愛慕唐姑娘時，他內心深處是不贊同的，畢竟他家殿下身分尊貴，未來的皇妃再不濟也得是一品大臣之女。

只是看到這三年來殿下的努力，他知道殿下的性子，決定了一件事，那麼旁人是無法勸動的，既然殿下執意喜歡，他能做的就是讓殿下開心。

「唐姑娘可是在想賞花宴的事？」王公公笑著問道。

唐書瑤聽到聲音，抬頭便見到景奕宸身邊的王總管來到她家，有些驚訝，連忙起身回道：「這是薛府小姐送來的請帖，我還在想這件事呢，王總管您怎麼來了？」

「咱家自然是奉了殿下的命令，給唐姑娘送宴會穿的衣裳。」

王公公知道唐姑娘初來京城，可能對這些事情不了解，繼續解釋道：「唐姑娘初來京城怕是不知，這去宴會可是有許多講究的，京城參加宴會的姑娘大多提前訂製衣裳、首飾，且參加宴會是結交好友的最好時機，因此穿得隆重也是證明此人對於宴會的重視，這對於主人家來說是極有臉面的。

「殿下得知唐姑娘收到了請帖，立刻買下了京城最有名的福玉軒的衣裳給姑娘送來，還讓咱家轉告唐姑娘，若是唐姑娘想要去參加宴會，殿下他會來接唐姑娘並陪您一起去，若是唐姑娘不想去參加宴會，也希望唐姑娘能收下這身衣裳。」

聽罷王總管的解釋，唐書瑤立刻收下了衣裳，這人真是太細心了。

興隆送走王總管沒多久，便看到一輛馬車往他們唐府的方向緩緩駛來，見驅馬的人的胸前佩劍，下意識地嚥嚥口水，滿腦子都是東家少爺的話——

「京城到處都是天潢貴胄、高門大戶之人，得罪一個，自己的命都沒有了。」

「吁——」修末停好馬車，回頭向車內行禮道：「殿下，唐府到了。」

景奕宸掀開簾子下了馬車，見到門口的下人問道：「瑤兒收到衣裳了嗎？」

興隆反應過來，慌慌張張地下跪行禮道：「殿、殿下，我們家小姐收到衣裳了。」

「嗯，起來帶路吧。」

興隆抬起頭瞄了一眼殿下的臉色，趕緊起身帶路，將人領到了大堂後，立刻去了小姐的院子通報。

「小姐，殿下來接您了。」興隆在唐書瑤的屋子門口喊道。

「好，我這就來。」唐書瑤一邊回道、一邊整理了一下頭髮，見頭髮沒有任何問題，這才打開門出去。

興隆驚訝地望著從屋裡走出來的小姐，她一直知道小姐長得很美，可是這麼多年在唐家見慣了，倒是對小姐的美貌沒什麼感覺，此時見到小姐身穿一襲淡粉色的衣裙，襯得小姐的皮膚又白又嫩，再加上額間那一抹玉色的抹額，興隆只覺得京城最美的女人恐怕都沒有她家小姐好看。

唐書瑤未曾注意到興隆的眼神，徑直朝大堂走去。

剛走進大堂，臉色淡淡的景奕宸忽然站起來，下意識朝著唐書瑤的方向走了兩步。

他早上看到這件衣裳的時候，便覺得瑤兒穿上一定會很美，沒想到親眼所見，他再一次為她心動。

察覺到景奕宸滿眼的炙熱，唐書瑤摸了摸自己的臉。「這麼看著我是什麼意思？」

「很好看，瑤兒穿什麼都好看！」景奕宸脫口而出道，說完發覺這話有些露骨，臉色變得有些不自然。

唐書瑤輕笑。

一旁的唐禮義看不下去，重重地咳了一聲。「殿下，瑤兒，你們去那個什麼宴會，注意安全啊！」

「伯父請放心，我會照顧好瑤兒。」說到後面的時候，景奕宸一直盯著唐書瑤的臉不曾移開。

第四十五章

唐書瑤二人離開了唐府前往薛府，馬車裡唐書瑤看著對方問道：「你怎麼知道我收到了賞花宴的帖子啊？才不到一個時辰，還派人送來了衣裳，說！怎麼得到的消息？」說到最後她湊近對方，語氣變得凶巴巴，但是眼神卻含著笑意。

景奕宸一把將唐書瑤攬在懷裡，溫柔地解釋道：「我培養了一些人來收集消息，我知道這次自己護送妳來京城，會引起一些人的注意，怕他們會傷害妳，所以我讓他們格外注意妳的情況。」

「哦？派人監視我？」

「瑤兒若是不喜歡，我便讓他們離開。」

「倒沒有什麼不喜歡的，就是有什麼事情你不要瞞著我，直接徵求我的意見，我們共同商量就好。」

「好，我記住了，以後所有的事我都會提前告訴瑤兒，然後跟瑤兒商量。」

「嗯。」唐書瑤鑽進對方的懷裡。

馬車晃晃悠悠地駕了不到半個時辰，終於趕到了薛府。

景奕宸下了馬車，便攙扶著唐書瑤下來，周圍看到這一幕的人紛紛驚訝，此前他們只是聽說七殿下愛慕一個民間女子，但是沒想到會做到這一步。

原本喧鬧的薛府門口，霎時間變得極其安靜，待唐書瑤從馬車裡下來，眾人頓時倒抽一口氣。薛家小姐薛婉檸是這京城的第一才女，而這京城第一才女的名頭很大是因為薛家小姐生得漂亮。

只是此時再見到這個民女時，他們才知道鳳凰與山雀之間的差距。也終於明白為何堂堂一個皇子會被一個民間女子迷得神魂顛倒，這樣貌，他們見了也難免心動啊！

場面一度安靜下來，引得府裡的人不明所以，陸陸續續走來想一探究竟，待見到七皇子身邊的陌生女子後，才明白為何這些人會變得如此安靜。

唐書瑤注意到周圍人的視線，內心在感嘆：果然是皇權時代，見到皇子都這麼安靜。

絲毫不知道其他人不是震懾於七皇子的身分，而是驚豔於她的美貌。

此時薛府內，得到消息的各家小姐，臉色變化不一。

蘇荷看著極力忍耐的薛婉檸，意味深長地笑了笑。

她自小就被爹娘拉著跟薛婉檸比，說薛婉檸才華橫溢，同齡的公子哥兒暗地裡都稱薛婉檸是京城第一才女，要她好好學；說薛婉檸溫柔漂亮，做主母要求的是大氣端莊，可是一副好看的容貌也會讓未來的夫君更加寵愛。所以，她格外討厭薛婉檸這個女人。

在得知薛婉檸傾慕她的表哥七皇子之後，蘇荷也暗暗地關注七皇子，發覺七皇子生得格外英俊，心裡想著即便是成為他的側妃也足矣。但若是薛婉檸那個女人成為正妃的話，她無論如何都是不甘心的！

她就是見不得薛婉檸那個女人好過，別人都說薛婉檸性子極好，可她每次和薛婉檸在一起闖了禍，最後挨罰的永遠都是她，就是因為在其他人的眼裡，薛婉檸是溫柔賢慧、性子很好的人，那麼問題肯定出在她身上。

她每次想要戳穿薛婉檸的真面目，可是都沒有成功，反而自己的名聲變得很差。經過幾次之後，她學乖了，乾脆撕破臉皮和薛婉檸鬧翻，雖然沒有挽回她的名聲，但起碼不是再變差。

只是薛婉檸那個女人竟然在外哭說都是自己的錯，她有多喜歡自己這個朋友，會想辦法和自己和好，搞得自己的名聲更是跌得一落千丈。她真是恨透了這個女人，現在卻不得不在外委屈自己和她假裝是很好的姊妹。

看到薛婉檸極力緩和嫉妒的臉色，她真想仰天大笑。她還以為薛婉檸辦這個宴會就是為了羞辱那個民女，沒想到人家一來，她這「京城第一才女」的名頭恐怕就要保不住了。

畢竟這京城第一才女，其實就是京城第一美人的意思，只是京城第一美人這個稱呼對於她們這些大臣之女來說不太好聽，便改為才女。

大家都在小聲的議論，對於七皇子愛慕的民女更是好奇不已，不過多數人表面是不屑的，內心卻嫉妒不已。

容貌是女人最在意的東西之一，雖然她們從小培養，但容貌是否好看，卻仍是天生的居多。對於薛婉檸這個女人，她們無法相比，畢竟薛婉檸除了外表，還是一品大臣之女、是七皇子的表妹。

但是那個民女一無所有，她們自然是看不起的。

景奕宸帶著唐書瑤走進薛府，在男女區岔口處，讓修顏跟在唐書瑤的身邊。

修顏是他護衛隊裡唯一的女侍衛，也是他三年前回京後特意為了唐書瑤培養出來的，前幾日事情太多沒有提，今日恰好趁此機會提出來。

他看著她說道：「修顏她會武功，並且還會一點醫術，有她在妳身邊我會放心一些，所以瑤兒，讓她陪著妳進去吧！」

唐書瑤看著一臉英氣的修顏點點頭，對於他的好意，她不會拒絕，只會用更多的關心來回報。她覺得兩個人的感情，不是要分清界限，而是兩個人都在為對方付出，雙向奔赴的愛情才是最美好的。

修顏走到唐書瑤面前，行禮道：「見過唐姑娘。」

唐書瑤扶起對方。「往後辛苦妳守著我。」

「這是卑職的本分。」

唐書瑤和景奕宸分開後，帶著修顏向裡面走去，路上交談了幾句，修顏給她的感受就是那種性子簡單、為人一板一眼的人，這種人在身邊也會放心很多。

想到這個人是景奕宸為她的安全找來的，她臉上的笑意不自覺加深。

此時不遠處的閣樓上，景昌裕看著唐書瑤臉上的笑意，嘴角下意識露出笑容。

「五哥，你這是看上哪家的姑娘，笑得這麼春心蕩漾？」景瑞霖湊近五哥好奇地問道。

「你說我看上她？」景昌裕疑惑道。

景瑞霖點點頭。「是啊，看上，五哥你該不會還不知道自己的心思吧？嘖嘖嘖，可惜這裡沒有鏡子，不然我一定讓五哥認清自己的心思，你是沒瞧見啊，你剛剛那副一片癡心、情意綿綿……」

「停！」景昌裕伸手打斷八弟的話，懷疑地問道：「你確定你是在說我？」

景瑞霖堅定地點點頭。

見八弟認真的點頭，他回過身望向唐書瑤的背影，此時的他眼神流露出懊惱，不久又變成憤怒，最後化為志在必得。

看著五哥臉上的神情變化，景瑞霖下意識地打了個寒顫，他總覺得五哥此時在打什麼壞主意，而這神態不像是在想怎麼追求姑娘，反倒像是有什麼陰謀。

另一邊唐書瑤帶著修顏走進來，場面霎時間安靜下來，被人群圍在中間的薛婉樽見周圍變得安靜，停下和旁邊人的交談，抬頭便看到一個陌生女子朝著她們走來。

見到陌生女子的容貌，她跟其他人一樣，瞳孔微縮，眼神露出驚豔，待反應過來此人的身分，內心便厭惡自己剛剛的情緒，又嫉妒對方生得比自己還要美上三分！

她掃視了一圈，見周圍的人依然震驚於她的容貌，不甘心地咬了咬下唇，手中的帕子也被攥得不成樣子。

她暗暗吸了口氣，站起來落落大方地走到唐書瑤的面前說道：「這位姑娘，想必就是唐書瑤唐姑娘吧？」

聽到薛婉檸的聲音，眾人紛紛驚醒，有的人臉上流露出不自在，有的人下意識整了整自己的袖子，有的人則裝作不在意繼續跟身旁的人閒聊。

聽到薛婉檸道出此女的身分，多數人的眼裡流露出鄙夷和嫌棄，眾人竊竊私語。

「喲，她就是那個民女啊？」

「妳瞧她穿得倒是不錯，怎麼這般不知禮數！果然民女就是民女，山雞終究還是山雞！」

「是啊是啊，不過就是一副皮囊，再過五年不還是一樣紅顏老去，看她還怎麼勾引殿下？」

「嘖嘖嘖，其實仔細一看長得也不怎麼樣嘛！」

「薛婉檸也真是，什麼時候民女也能跟咱們這種身分的人待在一處了？真是晦氣！」

這些人看似在竊竊私語，其實聲音大家都聽得見，聽到周圍的議論聲，薛婉檸不著痕跡地彎了彎嘴角。

她就是想讓這個女人知道她自己的身分，既然她自己看不清，她便讓其他人來提醒她，區區一個民女，竟然妄想高攀殿下？她怎麼敢?!

此時蘇荷從人群中走來，見到蘇荷，周圍議論的聲音漸漸降低，她們都知道蘇荷這個人性子衝動，並且愛慕七殿下，猜到蘇荷是要刁難那個民女，眾人立馬換上一副看好戲的模樣。

蘇荷走到唐書瑤面前，仔細打量了對方一眼，或許是深受薛婉檸的折磨，這些年她也善於分辨人。而她見到唐書瑤的第一眼，她的感覺並不賴，相反她覺得這個女人給她的感覺很舒服。

想著敵人的敵人就是朋友，既然薛婉檸想刁難這個女人，她偏偏不想如薛婉檸的意。

她看著唐書瑤笑道：「想必唐姑娘是第一次參加宴會吧？我先自我介紹一下，我叫蘇荷，家父是禮部尚書，歡迎妳來到這裡。」

唐書瑤對於這樣的場面早已做好心理準備，對於他人的言語羞辱倒是沒有放在心上，她知道她來到京城便會有這樣的事情，即便她這次不參加宴會，也會有下一次，下下一次。

而逃避並不是她的性格，所以她親自來了。

只是沒想到會有一個人出面幫她解圍，她能感受到這個人並無惡意。

她認真說道：「蘇姑娘，很高興認識妳，我叫唐書瑤，妳可以叫我書瑤。不過我今日是接到一個薛府下人送來的請帖，說是薛府大小姐邀請我來賞花宴，希望與我結識一番，沒想到我人都到這兒了，也沒見著薛府大小姐的面，請問這是薛府處事的方法嗎？」

唐書瑤的話音一落，場面又變得安靜下來，不過很快議論聲又響起。

「真是薛婉檸邀請她來的？」

「薛婉檸她邀請這個民女來做什麼？難不成……」

「沒想到薛婉檸平時看著溫柔賢淑，原來是這種人……」

聰明的人立刻明白薛婉檸的目的，明眼人都知道邀請一個跟她們身分相差這麼多的人來參加宴會，肯定是不安好心，只是沒想到這個邀請的主人竟是薛婉檸。

雖然她們都心照不宣彼此的性子，但是在外面都會兢兢業業維護自己的名聲，當聽到薛婉檸這個女人的好名聲傳得家喻戶曉後，心裡說不嫉妒都是假的，只可惜一直以來她們都沒能找到薛婉檸的錯處。

沒想到今日薛婉檸竟露出破綻，眾人不禁幸災樂禍起來。

見周圍人的諷刺議論轉移到自己的身上，薛婉檸的臉色變了變。

不過她很快鎮定下來，向前幾步落落大方道：「唐姑娘，在下便是薛府的大小姐，妳可別誤會，剛剛妳走進來我便過來問候妳了不是？我這次邀請妳來參加賞花宴，是因為七殿下最近的傳聞，畢竟是傳聞，若是假的，也好還殿下的清白。」

聽到薛婉檸的話，周圍人的心思又轉移到唐書瑤身上，在場的多數人都到了相看夫君的年齡，而京城優秀的男子，七皇子自是排在第一位。

七皇子是皇后所出，中宮嫡子，而太子身中劇毒，躺在床上已有三年多的時間，自是不能繼承大統，七皇子身為嫡系，背後又有薛府的支撐，是登上皇位的最佳人選。

況且七皇子生得高大俊美，且文武雙全，被稱為京城第一美男。而他未曾娶妃，對於七皇妃的位置，試問京城哪個女子不想要呢？

唐書瑤淡淡地看著薛婉檸這個女人，沒想到她是想藉此施壓，好讓自己親口否認和奕宸的關係。「我跟七殿下相識已久，但卻不知妳口中想要還七殿下清白，是指什麼呢？」

薛婉檸噎了噎，沒想到這個女人會這麼直接。

她眼神有些不悅，怕自己說出這個傳聞，這女人又會直接承認，那她豈不是讓這個女人跟殿下的關係更扯不清了？

薛婉檸無奈，她只好轉移話題，想著待會兒還有許多機會讓她出醜，解釋道：「既然都是傳聞，那便是假的。好了，既然咱們人都到齊了，要不咱們開始吧？」

眾人立刻同意。

第四十六章

蘇荷暗地裡翻了一個白眼，薛婉檸就是想否認唐書瑤和七皇子的關係，還真是煞費苦心，她擔憂地看了一眼唐書瑤，湊到對方耳邊說道：「這是要開始才藝表演，妳行嗎？」

唐書瑤側了側身子，笑道：「多謝妳的關心，我沒有問題！」

隨後眾人漫步走到一個寬敞的涼亭內。

眾人落坐後，蘇荷坐到唐書瑤旁邊，聽著她解釋道，每次的宴會她們都會先聊一會兒，之後就是花鼓接球遊戲，接到球的人要表演一個才藝，基本上每個人都會展示一番，最後還有投壺比賽。

知道宴會的流程，唐書瑤放下心來，之前在來的路上她問奕宸參加宴會是什麼樣的，誰知這人竟從未參加過宴會，不過在他眼裡，這種宴會大概就是互相交談吧？

花鼓接球遊戲開始，鼓聲響起之後，唐書瑤在心裡暗想：她們知道她是普通百姓出身，定是沒有學過才藝，想讓她表演才藝時出醜，但也不至於是第一個吧？不然用這麼明顯的手段，她們不會覺得丟臉嗎！

誰知她剛這麼想完，球停在她手上，恰好此時鼓聲也停下。

眾人面面相覷，薛婉檸看著這個場面，暗地裡狠狠地瞪了一眼那個敲鼓的奴婢，那婢女也極為懊惱地撓了撓頭，她也沒想到事情會變成這樣。

明明她算計好的時間，以往她從未出錯過，所以一直以來小姐都是讓她負責敲鼓，沒想到今日居然出錯了，畢竟小姐告訴她第三輪的時候，球再停在那個民女身上。

此時人群中一個女子揚了揚嘴角，是她剛剛故意磨磨蹭蹭，拖延了時間，她早就知道薛婉檸那個婢女有問題，以往這個遊戲都是薛婉檸事先商量好。今日她卻不想按照她的計劃來，她既想讓那個民女出醜，又想讓大家看出薛婉檸的嘴臉，京城的第一才女？呵，恐怕從今以後便是京城第一蛇蠍美人！

蘇荷有些驚訝，她沒想到薛婉檸會如此迫不及待，湊近唐書瑤小聲問道：「要不我替妳上吧？」

唐書瑤沒答話，對著她笑了笑。

蘇荷的眼神呆了呆，待回過神來就見到唐書瑤已經站到了臺上，她搖搖頭，讓自己的思緒集中起來，心裡不由得疑問她剛剛是對那個女人的笑容看呆了？

唐書瑤不會作詩，也不想拿前世那些名人詩詞來充當她的作品，不是她做的詩就不是她做的，即便這個世界的人都不知道，她也不想那樣做。而她也不會彈琴，所以她能展現的才藝只有唱歌和跳舞，因為在末世練就了一身好身手，再加上末世前她經常看選秀綜藝，對於舞蹈還是比較熟悉的。

她接過那個下人的鼓棒，用鼓聲作為音樂伴奏，開始了她的舞蹈表演。

此時在閣樓的五皇子和八皇子，恰好看見了唐書瑤的表演。

唐書瑤身上的衣服隨著她的動作而搖曳，腰間的吊墜發出清脆悅耳的響聲，加上她的鼓點節奏，讓眾人漸漸認真觀看。

蘇荷看著唐書瑤的表演，靈機一動，拿起腰間的玉笛，走到一側為其伴奏。

二人從未一起表演練習過，但是蘇荷卻能跟上唐書瑤的鼓點吹曲，為這場表演添上點睛之筆。

唐書瑤的一顰一笑，一舞一動，一彎腰、一轉身，都牽動著在場所有人的目光，而不遠處的景昌裕，眼神也變得更加炙熱。

她逆著光，像是天邊飄來的仙女，楊柳細腰，膚白貌美，一雙似喜非喜含情目，看人時萬千情緒，低頭時牽人心腸。

一舞完畢，眾人的臉上都流露出一絲未看過癮的神情，一些人也在內心深處改變了對唐書瑤的看法，真心實意地為她鼓掌。

唐書瑤回到自己的位置上，看到旁邊的蘇荷，真心道：「妳的曲子很好聽。」

「那可不是，我可是從小練到大的！」蘇荷傲嬌地揚了揚眉回道，隨後又湊近對方，捂著嘴巴說道：「咳，那個，妳跳的舞也很美！」說完將身子挺直，目視前方，不過餘光卻觀察著唐書瑤，見她笑了，臉上不禁也露出笑容來。

唐書瑤的舞蹈結束，眾人變得興致缺缺，畢竟那一舞太過驚豔，內心深受震撼。

看著眾人的表情，薛婉檸的臉被氣成了豬肝色。只是這次的宴會畢竟是她主持的，若是就這樣繼續下去，說她主持的宴會提不起興致，對她的名聲有礙，她只得調動眾人去玩投壺遊戲。

景昌裕見那些女子向投壺的地方走去，眼神深了深。「我還有事，你自己玩吧！」說完便大步離開！

「欸！什麼事非得現在離開啊？」景瑞霖喊道，只是五哥並未回應，他無奈地嘆了一口氣。

景昌裕走下閣樓不遠處，叫自己的手下去買東西。

他看著手下的背影，想著景奕宸對那個女人這麼在意，那他便讓那個女人屬於自己。一想到自己搶走了他的女人，而那個女人以後會對自己展現那種笑容，為自己跳舞，他的心便有些迫不及待。

安排好接下來的事情，他轉身離開。

此時，景奕宸身邊圍著一群大臣之子，他們對於七皇子多數都是奉承。景奕宸卻有些不耐煩，見七皇子的臉色不太好，眾人都是人精，自然也了解七皇子的脾性，紛紛離開。

范子爵悠悠地走到七皇子旁邊，調侃道：「怎麼？人都被你嚇走了，還擺臉色呢？」

景奕宸看著來人是自小陪在他身邊的伴讀兼好兄弟，臉色緩和了很多。「我只是擔心瑤兒，她第一次參加宴會，我擔心她會不會有事。」

「喲喲喲，一口一個瑤兒，嘖嘖嘖，我都聽你說了三年了，怎麼？人都來京城了，你還不讓我瞧瞧。」

「哼！她剛來京城，又是被我母后叫去皇宮，又是接到這宴會的請帖，若不是我擔心瑤兒初來京城，沒什麼機會認識新的朋友，怕她無聊，我根本不會讓她來參加宴會！」

范子爵有些驚訝，這人怎麼會是他從小認識的七皇子，七皇子竟然有這麼傻？怎麼會覺得他喜歡的人參加宴會，是結識朋友的時機呢？畢竟來參加宴會的女子可都是高門貴女。

范子爵嘗試著向對方解釋，京城的貴女對於門第之見，還有身分是極其看重的！

景奕宸淡淡地說道：「七皇妃的身分不夠貴重嗎？」

「這……」范子爵噎了噎，看著好兄弟認真的眼神，默默地嚥下要出口的話。

他知道七皇子的性子，說一不二，只是想到七皇子和他心上人的身分差距，心下有些擔心他們，也不知他們未來的路能不能好走，同時又感嘆道：感情啊，真是神奇！

投壺遊戲開始沒多久，在場的眾人都被引起了興趣，也不再有人將目光專注在唐書瑤身上。

大概過了兩刻鐘，大家玩得盡興之後有些疲憊，便開始四處結伴休息，唐書瑤剛轉過身，前面便有一個婢女提出要帶自己去休息。

她看了一眼修顏，就跟著這婢女走了，走了一段路之後，她發覺這條路越走越繞，彷彿就是在帶她繞圈子。

唐書瑤暗想，該不會是想整自己，故意讓人帶自己多走路，是想累壞自己？未免有些小家子氣了吧。

感覺明顯繞了一圈的路之後，她發現她們已經脫離人群，漸漸走偏，唐書瑤的臉色變得凝重，她看了一眼修顏，修顏打量了一圈她們所走的路線，搖了搖頭。

眼看四下無人，唐書瑤問道：「這路不對勁吧？」

見前面的婢女不回答，反而越走越快，知道事情不對勁，唐書瑤上前捂住那婢女的嘴巴，修顏見唐姑娘的動作，心領神會上前幫忙，主僕二人將婢女制伏，逼問婢女目的。

雖然婢女口口聲聲說不知，但受到修顏對她的折磨，最後沒忍住，說出她只是受到五皇子的吩咐，叫她將自己帶去蘭西苑。

知道幕後黑手是五皇子，唐書瑤臉色黑了黑，她眯了眯眼，琢磨將這婢女如何處置，便看到修顏從袖口掏出一個白瓷瓶，給那婢女餵了兩粒不知名的藥丸，轉眼工夫婢女便閉上了眼睛。

唐書瑤右手握拳放在嘴邊假咳一聲。「那個，她……」

意會到唐姑娘的意思，修顏解釋道：「這是失智丸，服下十二個時辰後醒來，神智會停在六歲左右，這樣她不會記得咱們，也不能被問出什麼。」

聽了修顏的解釋，唐書瑤點點頭，她們開始往回走，只是這婢女領她們走的路實在太繞，一時之間她們也沒能找到地方。

轉了好幾圈，唐書瑤竟然看到了景奕宸和另外一個陌生的男子在一起。

看到假山後面走出一個人，見是唐書瑤，景奕宸站起來喊道：「瑤兒。」便迫不及待地向她走去。

話還沒說完的范子爵，感受身前一陣風吹過，前一刻還在和自己說朝中之事的七皇子，下一刻卻站在陌生姑娘面前，臉上是他從未見過的溫柔。

范子爵仰天長嘆，甩了甩袖子站起來向他們的方向走去。

此時景奕宸關心地問道：「瑤兒何故來此？」

「我是迷路了。」

「迷路？」景奕宸疑惑，看向唐書瑤身後的修顏，修顏立刻上前解釋一番。

聽完整件事，他的臉色變得很難看。

范子爵剛走到七皇子附近，便見到他臉色難看，在七皇子和那女子之間來回掃視，心下尤為不解。

「別擔心，我現在好好的，這個人你不介紹一下嗎？」唐書瑤看了一眼跟在奕宸身後的陌生男子問道。

范子爵內心驚訝這女子對殿下的態度竟然如此隨意。

景奕宸回過頭來。「瑤兒，這是范子爵，他現在是大內侍衛總管，也是我從小一起長大的好兄弟。」

他又看向范子爵說道：「子爵，這是書瑤，我未來的皇妃，你……你叫她唐姑娘吧。」

范子爵一翻白眼。「一個名字而已，殿下竟如此小氣！」

景奕宸看著唐書瑤笑了笑。

此時，混亂的聲音從遠處傳來，幾人感到疑惑，便決定一起去看看，於是他們順著聲音的方向走去。

而另一邊，不知是誰喊了一句「唐姑娘人呢」，引起了眾人的注意。

人群中一個女子說道：「唐姑娘已經不見很久了，她第一次來這裡，要不咱們一起去找找吧？」

見眾人一副熱心腸的模樣，蘇荷心下感覺不對，只是此時她也不知唐書瑤去了哪裡，心裡暗暗焦急，卻不得不跟著大夥兒一起尋找。

尋找唐書瑤的人越來越多，有的人不明所以，有的只是想跟隨大家一起，有的人反應過來這是有戲可看，便也跟著一起找人。

眾人各懷鬼胎，在有心人的帶領之下前往了五皇子所在的蘭西苑。

剛一走近，眾人便聽見奇怪的聲音，一開始有的人不明白，隨著身邊人的暗指，大家意會了這個事情。

唐姑娘這是出事了！

蘇荷臉色一沈，她趕忙走上前攔道：「咱們進了不該進的地方，還是去別處尋吧，免得驚擾了府上的事情，這個就交給薛小姐來處理就好了。」

領頭的女子鬆了一口氣，她是按照殿下的吩咐讓眾人知道唐姑娘失身於他，可不想打擾了殿下的好事。

她點點頭跟著附和。

人群中一個女子眼神轉了轉，繞過她們猛地撞開房門。「啊！」

一聲尖叫，眾人見好戲在眼前，幾步之遙，紛紛上前一探究竟。

蘇荷被人群撞開，眼見房門打開，她懊惱一聲，跟著進去想將這些人都攆出去。

等她進屋的時候發現，床上的女人竟是薛婉檸?!

「五皇子和薛婉檸？」

「這、這兩人？」

「天！」

「薛婉檸怎麼會在這裡？」

「我這是看到了什麼?!」

眾人驚訝不已，被驚擾的五皇子也逐漸清醒過來，見屋子裡擠滿了人，心下不悅，怒斥道：「都給本皇子出去！」一邊拽起一旁的被子護在對方身上，結果低頭一看，竟不是唐書瑤，驚道：「怎麼是妳？」

眾貴女原本被五皇子的態度嚇了一跳，紛紛準備離開，結果卻聽到五皇子的話。

難道竟是薛婉檸主動獻身？

她們雖意外薛婉檸竟是這樣的人，但不妨礙她們看好戲的心，抱著這樣的想法離開。

而此時的當事人薛婉檸並未清醒，還一個勁地向五皇子身上蹭去，景昌裕臉色發黑，但身體又拒絕不了這滋味，雙手強硬地將薛婉檸按住，很快屋子裡又傳出「嘎吱嘎吱」的聲音。

只是已經清醒的景昌裕，神情冷漠，眼底未曾有一絲情慾。

第四十七章

此時唐書瑤幾人走到蘭西苑門口，見聲音從這裡傳出來，唐書瑤和景奕宸對視一眼，知道這是安排五皇子待的地方，他們臉色變得凝重。

剛走進蘭西苑，迎面走來參加宴會的貴女們，眾貴女面露驚訝，看著七皇子和唐書瑤站在一起，而且衣衫完好，又有其他人一起，她們一時之間不知做何感想。

「書瑤！」蘇荷看到唐書瑤平安無事地出現，一臉激動地向她跑去，將她抱了個滿懷。

站在一旁的七皇子臉色立刻黑了下來。

他都不能光明正大地抱著瑤兒，這個女人怎麼敢？

一直觀察七皇子和唐書瑤的范子爵見到這場面，不厚道地笑了笑，他是沒想到面對喜歡的人時，七皇子竟然這麼有趣。

唐書瑤下意識地向後退了一步，奈何蘇荷本身會一點武功，沒有讓她躲過去。

「妳這是上哪兒去了？我們都在找妳呢！」蘇荷鬆開唐書瑤問道。

察覺到對方的關心是真心的，唐書瑤耐心解釋道：「遊戲結束以後就想找個地方休息，喝了一口茶又回來了，沒想到迷路了，又碰到了殿下，我們聽這邊聲音很吵，就過來看看。」

蘇荷回頭眼神複雜地看了一眼屋子，又看向唐書瑤說道：「妳沒事就好，現在宴會結束了，走吧，咱們回去吧。」

宴會怎麼會突然結束？

唐書瑤微微驚訝，見對方沒有解釋的意思，並且其他人的臉上都是複雜的神情，她便沒有再追問。

等到回到府上的時候，景奕宸才告訴她宴會上的事情。

原來五皇子派的婢女遲遲沒有將她帶去，他以為這婢女膽子小，沒聽他的命令，便叫他自己的手下想辦法將她擄去。可惜五皇子的手下並未見過她的容貌，只是聽五皇子說她長得極美，而那個手下見當下宴會上最美的女子就是薛婉檸，誤以為她就是唐書瑤，所以便將她擄走。

而五皇子在自己安排的地方點了燃情香，此香有催情的作用，且霸道無解藥，只會讓人迷失在幻覺裡，以為彼此都是自己的心上人，兩人便會情不自禁……

五皇子本想讓此香迷住她的心智，讓她以為自己是景奕宸，不會反抗他，沒想到最終卻害了他自己和薛婉檸。

對於五皇子這個始作俑者，唐書瑤很是作嘔，一想到這人想對她使這種手段，她恨不得切了對方！

只可惜了薛婉檸，雖然薛婉檸對她不友好，並且還想算計她，但她始終覺得，報復的手段有很多，她不想用這種方式來毀掉一個女人。

尤其是在這個禮儀束縛的世界，這種方式未免太過殘忍。但倘若有人先想用這種方式招惹她，那她也不會心慈手軟。

賞花宴結束後，五皇子和薛婉檸的醜聞一夜之間傳得沸沸揚揚。

到底五皇子是皇室中人，很快這個醜聞被壓了下去，百姓們不敢在明面上指指點點，暗地裡依然拿此事當個樂子。

薛府內，薛常守看著跪在地上哭得不成樣子的夫人盧氏，和滿臉絕望的大女兒，臉色變得鐵青。

他做不到為了名聲就讓自己疼愛了十幾年的女兒去死，但轉念想到自此就要面對同僚的明嘲暗諷，還有自己之前想著大女兒跟七皇子的婚事沒了，他這心就像是被火烤著，著實難受。

「老爺，我們的檸兒可怎麼辦啊？」盧氏雙眼含淚地啜泣道。

她看著自己辛辛苦苦養大的女兒，就這麼一日之內被人毀了，心痛得要死。

他們薛府可是皇后的娘家，是七皇子一派的人，就是乾脆讓女兒跟了五皇子，以五皇子多疑敏感的性子，檸兒也不能過得如意，況且皇后娘娘還在呢！她定是不能同意此事……

想到這裡，盧氏只覺得天都是黑的，望不到前路。

翌日朝堂上，一大早還在恍惚瞌睡的大臣們，一道聖旨將他們驚得睡蟲全無！

「奉天承運，皇帝昭曰，朕之七子奕宸，德才兼備，聰慧過人，乃中宮所出，依先祖法令，冊封為太子，即日起負責監國，輔佐朕處理國家大事，欽此！」

王公公宣讀完冊封太子的聖旨後，又繼續宣讀下一道聖旨。「今有才女唐氏書瑤，溫婉大方，嫻雅端莊……與太子二人情投意合，乃天作之合，冊封為太子妃，欽天監著良辰吉日完婚，欽此！」

「陛下！」都察院右督史譚大人震驚道。

譚鎮宏譚大人是譚貴妃的父親、五皇子的外公，聽完聖旨心裡咯噔一下，下意識脫口而出，反應過來後連忙跪下勸皇上收回聖旨。

皇帝表情淡淡地看著底下跪著的譚愛卿，沒有任何回應，其他大臣面面相覷。

兵部尚書宋大人也跪下來，宋卓越宋大人是德妃娘娘的父親，八皇子景瑞霖的外公。

一些五皇子黨和八皇子黨的大臣也跟著跪下，還有少數的大皇子黨派的大臣也跪下懇求皇帝收回聖旨。

因為沒有任何的預兆，皇帝就這樣冊封太子，讓他們措手不及，而跟從七皇子的人自然是高興，只是冊封太子妃的聖旨讓他們感到頭疼。

可看到站在前面的七皇子面露喜色，他們一時之間不敢上前反駁陛下的旨意，怕陛下誤會從而收回冊封太子的聖旨，一時之間他們臉色很是難看。

皇帝看著太子說道：「奕宸從現在開始監國，眾大臣有什麼事情，便由你處理吧。」

「是，兒臣遵旨。」

跪在地上的大臣們愕然，見皇帝態度如此堅決，居然連回應都沒有一句，他們臉色難看。但對於七皇子被冊封太子這件事，他們又找不出什麼理由反駁，畢竟前太子一直昏迷未曾甦醒，是他們一直吵著該重新立太子的。

而七皇子又是嫡系，自古是先立嫡，再立長，若嫡系沒有任何問題，他們是找不出理由請求皇帝收回這個聖旨。

只是他們今日被皇帝突然襲擊，一時之間被弄了個措手不及，毫無反制手段，最後無奈認清現實。

而後，皇帝又下聖旨，冊封大皇子景天祺為賢王，出宮建府。

五皇子景昌裕冊封瑞王，出宮建府。

禮部右侍郎陶文興之嫡長女陶孟書冊封瑞王妃，戶部左侍郎薛海良之嫡長女薛婉檸冊封瑞王側妃。

今日的早朝著實令眾大臣驚訝不已，沒想到此次皇上不但立了太子，還將其他皇子都冊封了親王，除了八皇子景瑞霖因為年齡太小而留在皇宮，大皇子和五皇子都已冊封。

並且還下了讓他們出宮建府的旨意，可見皇帝對太子維護得緊，明白皇上的心意，一些從皇宮出來的大臣們只能仰頭望天，心下感嘆這天是要變了啊！

早朝結束以後，景奕宸便緊急出宮。

他也沒想到父皇會突然下旨冊封，怕瑤兒受到驚嚇，想著去看看她。

到了唐府見到唐書瑤後，他看著她的臉色並無不妥，稍微鬆了口氣後，心下仍有些緊張。他終於等來了聖旨，他的瑤兒要成為他的太子妃了！

唐書瑤看著額頭還有汗珠的景奕宸，笑道：「不是被封了太子嗎？怎麼這麼閒。」

「我、我想見妳瑤兒，從剛才在大殿上聽到父皇下的聖旨開始，就想見到妳，瑤兒，我終於可以娶妳為妻了，真是太好了！」

看著他滿臉的笑意，她也跟著露出笑容，一直以來她都感受到他身上的壓力和不安，她知道這壓力和不安都是來自於她。

這三年多的相處，她無意間表達過她之前的看法，更知道這個世界，尤其是皇室之人三妻四妾的禮俗，雖然他從未想過這件事，但是他知道自己的想法後，沒有任何的不解和拒絕。

反而一直在默默地為此努力，她都看在眼裡。

所以今日她看到他被冊封太子後，第一時間跑來找她，她很想說這個傻瓜呀，真是太傻了。

皇帝下的這幾道聖旨在京城裡掀起了一層風浪。

此時譚貴妃的宮內，她面色淡淡，絲毫不曾為自己的兒子失去了皇位而感到難過，一旁的大宮女敏肴看著貴妃娘娘的神色，暗暗地嘆了一口氣。

她跟在貴妃娘娘身邊至少有二十年的時間，但一直不曾理解貴妃娘娘的心思，其實當年貴妃娘娘未入宮之前，是有婚約的。

訂親的人家，是都察院左督史家的小公子謝若驍。

謝公子當年也是京城有名的貴公子，一手自創的書法字體揚名上京城。

人人都說她家小姐和謝小公子是郎才女貌，天作之合。她也一直以為她們家小姐會嫁給謝小公子，但是在小姐進宮赴宴之後，卻告訴家裡要入宮選秀。

那時的小姐跟著了魔一樣，不論是家裡誰來勸說，都不肯放棄入宮選秀的想法，老爺見此便下令將小姐鎖在屋裡。

都是因為她，因為她沒能受住小姐的請求，將小姐放出來，讓小姐進了宮參加了選秀，最後小姐便一直留在了宮裡。

敏肴一直以為當年小姐如此堅定決絕地入宮，是因為愛慕當今陛下，但是後來她發現並不是這樣的，小姐入宮以後，臉上並沒有開心的模樣，反而神情一直是淡淡的。

就連對小姐的親生孩子五皇子，也不曾有過多的情緒，她看著五皇子從小跟在貴妃娘娘的身邊，渴望娘娘的關心與愛護，卻漸漸被娘娘的冷漠所傷，也減少來娘娘宮裡的次數。

今日五皇子被封了瑞王，還被賜了正妃和側妃，可是五皇子不來娘娘這裡商量此事，而貴妃娘娘也不曾關心五皇子。

她真的不知道娘娘的心在想什麼，而當年那場宴會也不知發生了何事，明明娘娘以前是一個勇敢活潑的性子，卻變成如今這般淡漠，對任何事都不在意的模樣。

她真怕有朝一日貴妃娘娘就這樣離開，可是五皇子該怎麼辦？昨日五皇子的醜聞剛傳出來，今日皇上便下令冊封太子，也不知太子登基後，會怎麼對待五皇子。

「敏肴，外面太吵了，將宮門關上吧。」譚貴妃淡淡地說道。

敏肴猶豫了一瞬間，跪下回道：「娘娘，今日陛下下了聖旨，冊封七皇子為太子，咱們五皇子為瑞王，還給瑞王賜了婚事，現在外邊亂，是因為賢王和瑞王要出宮建府了。」

譚貴妃端著茶杯的手頓了頓，若無其事道：「將宮門關上吧，外邊太吵了。」

聽著貴妃娘娘的話，敏肴洩了氣，她無奈地站起身出去吩咐婢女將宮門關上。

敏肴看著端坐在椅子上的貴妃娘娘，像個假人似的沒有任何的反應，深深地嘆了一口氣。

景昌裕今日心情極差，走著走著便莫名走到母妃的宮前，可他在宮前，卻看見宮門緩緩關閉，心就像墜落了谷底一般冰涼。

他垂著眼眸，遮住眼底的複雜，再抬頭眼底已是一片漠然。

他以為父皇冊封七弟為太子這件事，會讓他很痛苦，但沒想到更痛苦的是母妃將她的宮門關上，呵，她這是不希望自已去打擾她的意思嗎？

母妃啊母妃，我恨不得您在生我那日，便離開人世！這樣我就可以光明正大的思念您，不用像如今這般……明明父皇、母妃都在，我卻像一個孤兒！

他轉過身離開，建府的事還等著他去弄，沒有時間讓他胡思亂想。

第四十八章

京城裡的百姓就像炸了鍋一般熱火朝天地說著聖旨的事情，當然，會這麼熱鬧的原因，除了新太子的確立，就是太子妃的身分。

畢竟太子妃可是普通百姓出身，這叫他們能不感興趣嗎？

京城裡也開始流傳了一句話。「生兒不如生女好，女孩也得樣貌好！」

他們沒有見過唐書瑤本人，但自從賞花宴後，唐書瑤容貌傾城的說法便廣為流傳，畢竟能令太子殿下為其著迷，並親自護送來京城的女子，百姓們雖沒有見過，卻非常篤定未來的太子妃一定是一位傾國傾城的美人。

準備備考會試的裴嘉哲聽說此事，一下子衝出府去。

「你給我站住！」裴詠澤大喊道。

他看著自己的兒子奮不顧身就要找那個女子，他氣得血氣上湧！

裴嘉哲雙眼猩紅，轉過身喊道：「爹！您關了我三年，三年的時間還不夠嗎！」

「你！你這個不孝子！我關著你，也是為了你好！若不是你心思全在那女子身上，不顧家族、學業，我能關著你嗎？」

「那您為什麼不成全我？還不是因為您瞧不起她，您答應我，只要我考上進士做了官便成全我，可是我呢？為了這件事努力了三年，拚命了三年，到頭來得到了什麼？她今日被賜婚！」裴嘉哲跪在地上歇斯底里地吼道。

當年母親知道他的心意後，百般勸說他，但是他不想聽，求著母親為他和書瑤定下親事，可是爹娘態度強硬，甚至還派人守著他，讓他見不到書瑤。他跟爹娘爭吵了半年，卻仍舊沒能得到他的目的，直到最後他爹說出，只要他暫時不去見書瑤，將心思放到學業上，考上了進士做了官，便為他定下婚事。

這三年他拚了命地讀書，一步一步，考過府試、院試、鄉試，遠遠超過同齡人，但是聽到書瑤的大哥唐文昊，也是這般優秀，心裡那種興奮也被澆了一盆冷水。

現在就差會試和殿試，他就可以娶到他的書瑤，結果這三年的努力，最後得到的卻是她被賜封太子妃的消息。他忍了三年、想了三年、念了三年，日日夜夜都掛在心上的那個人，如今卻屬於另一個人，他的心都在滴血。

裴父最終還是同意讓兒子出府，這三年看著兒子刻苦努力，卻日漸消瘦的身軀，他並非不感到心疼。

裴嘉哲趕到唐府的時候，得知書瑤和太子殿下一起出府了，那一刻他的心涼了一下，眼神流露出絕望的目光，但神色卻是淡淡的。

也不知是看不到前路，抑或者沒有辦法改變，他整個人麻木了，失魂落魄地走回自己的府裡。他以為他會痛哭一場，但是他並沒有，他以為他會難受得要瘋掉，但是他很清醒。

清醒地意識到這個時辰是該吃飯，還是該看書，似乎日子和往常一般沒什麼不同，只是其他人卻能從他的身上看到巨大的悲傷。

裴大人和裴夫人看著兒子的模樣，心痛如絞，莫名地在心底產生一種錯覺，他們好像失去了他們的兒子，當這個想法出現在他們心裡的時候，他們拚命地將它揮開，卻依然被這個念頭籠罩。

皇子出宮建府乃是朝中大事，整個工部的人都在為此忙碌，因為建完瑞王府後，還要籌備瑞王的婚事，還有太子殿下的婚事，即便是臨近過年，工部的人依舊處於忙碌的狀態中。

歷時三個多月的時間，賢王府和瑞王府終於建造完畢。

易公公瞧著瑞王府的環境，開始操持瑞王的大婚之事。

他走到書房看到王爺，行禮後問道：「王爺，這幔子是要並蒂蓮式的，還是祥雲紋的？」

「我說過，婚禮布置你自己看著辦！」瑞王皺著眉頭說道。

易公公臉上的笑容一僵。「是，王爺。」隨後嘆了口氣走出書房，這是王爺的喜事，但他不曾在王爺的臉上看到一絲笑容，這可如何是好？

隨著瑞王府的大婚布置結束，也迎來瑞王成親，正妃和側妃在同一日入府。

百姓們看著陶府和薛府的十里嫁妝，追在後面數算著，這側妃可是比正妃多了十抬嫁妝，兩人還是同一天入府，加上之前宴會傳出來的事情。

百姓們以為側妃跟瑞王兩人感情深厚，紛紛感嘆這正妃往後的日子，恐怕不好過啊。

景奕宸帶著唐書瑤參加五哥的婚禮，此時大堂人多，他領著她坐到角落裡。「出來得有些急，忘記給瑤兒準備些吃的，瑤兒餓不餓？」

唐書瑤搖搖頭，最近她和娘親一直忙著籌備嫁妝的事，今天看到瑞王妃和瑞王側妃準備了一百多抬嫁妝，心下只是感嘆著這真是一件麻煩的事。

一旁經過的人見太子對未來的太子妃如此體貼，紛紛感嘆太子真是個溫柔的人。
「吉時已到，有請新郎、新娘！」
聲音落下，唐書瑤便看著神情淡漠的瑞王，和蒙著蓋頭的瑞王妃走進來，在兩人走進來的時候，瑞王妃步子慢，而瑞王的步子邁得大，以至於瑞王妃險些摔倒。
一旁觀看的陶大人直皺眉頭，對於皇上賜下的婚事，他一直頗有怨言，但無奈聖旨已下，他沒有任何辦法，只能眼睜睜地看著女兒嫁進瑞王府。
或許有易公公的提醒，瑞王注意到瑞王妃，不再像之前莽撞，整個婚禮瑞王的表情很平淡，這場婚事結束後便流傳出瑞王不喜瑞王妃的傳聞。
待賓客離開，易公公看著還在書房的王爺，終是上前勸道：「王爺，老奴知道王爺心裡不好受，但今日是您的大喜之日，這洞房花燭夜您還是……」
剩下的話沒說完，他看著王爺的神色將剩下的話吞了下去。
瑞王淡淡地瞥了一眼易公公，放下手中的酒杯，起身朝王妃的院子走去。未來還長，即便他日七弟登基，他依然不會放棄，他會搶走他的一切，包括皇位和女人。
此時瑞王府側妃所在的伊檸苑，婢女榻荷向側妃稟報道：「娘娘，王爺剛剛去了正妃的院子。」

薛婉檸一把掀開蓋頭，周圍的丫鬟們一驚，隨後反應過來王爺也不會來，便不敢出聲。薛婉檸抬手輕輕地放在肚子上，冷靜地說道：「去找王爺，就說我肚子疼，需要太醫！」

楊荷抿了抿唇，接了娘娘的命令向正妃的院子跑去，剛跑到正妃院子門口，便被兩個侍衛攔下，她知道小姐的性子，若是不將王爺請回去，她恐怕就見不到明日的太陽。她不顧侍衛的阻攔大喊道：「王爺！王爺！我家娘娘身體突然不適，求王爺去看看吧，王爺……」

楊荷的聲音很大，吵得整個院子的人都聽到了，陶孟書剛跟王爺喝完合巹酒，沒想到就被人打斷。

她之前也認識薛婉檸，心中明白對方是一個心高氣傲的女人，而且她也看出對方對如今的太子殿下有意，沒想到進府第一日，就整出么蛾子，她還是低估了對方。

瑞王皺了一下眉頭，看著王妃說道：「我去看看。」

陶孟書深情地望著王爺說道：「王爺，臣妾等您回來。」說完羞澀地低下頭，眼底卻毫無情意。

瑞王答應王妃一定回來，便轉身大步離開。

到了伊檸苑，瑞王讓府上的府醫給側妃診脈，過了半盞茶的時間，府醫回道側妃有喜。

瑞王愣然，又聽著府醫說側妃此胎已有三個多月，算算時間，恰好是那次的宴會。

他看著側妃神色坦然，便明白過來，這是他的孩子。

他直直地盯著她的肚子，半晌後哈哈大笑，或許是感受到這是他的血脈，他神色溫柔地看著薛婉檸說道：「檸兒辛苦了，可是有哪裡不適？明日我叫太醫給妳看看。」

「王爺，剛剛臣妾肚子有些不適，您一來就好多了。」說著往瑞王的懷裡靠著。

從這一日開始，瑞王府經常傳出各種各樣奇怪的傳聞。

隨著外衣越穿越薄，會試也如期舉行，一大早，唐書瑤便起來給唐文昊收拾行囊。看著這幾個月大哥每時每刻都捧著書籍的樣子，她常常勸他注意身體。

只是大哥似乎未將她的勸說放在心上，自從頒下賜封她為太子妃的聖旨後，外界一直針對她的身分爭論不休，為此，不但爹娘感到悶悶不樂，大哥更是比之前的壓力還要大，不論做什麼，手裡都會拿著書，即便是走在院子裡，也依然低頭看書。

對於她的家人，她很愧疚。

今日，她特意早早起來，給大哥親自做乾糧，因為大哥曾經說過，他最喜歡吃她做的東西，這也是她能為大哥做的一點小事。

全家人一起送唐文昊去了考場，天色還未亮，門前已經站了排隊等候的考生們。唐書瑤看著大哥說道：「哥，記得按時吃飯，好好休息。」

「好，放心吧妹妹。」

唐文昊看著一臉擔憂的妹妹，揉了揉她的頭，便轉身向隊伍裡走去。

九日後。唐書瑤和爹娘一大早便來到考場外面等候，待鐘聲一響，大門一開，率先出來的是被抬出來的考生，馬氏見此心下一個激靈，一家人忙向前走幾步。

很快，他們見到被抬出來的不是唐文昊，鬆了一口氣，只是這提著的心還是沒能全放下。

唐書瑤安慰道：「娘，大哥他身體好，肯定會平安走出來的，您不要擔心。」

馬氏敷衍地點點頭，心思全在從考場出來的考生們上，等了半天也沒見大兒子出來，臉色變得更加焦灼，卻也只能乾等著。

終於，唐文昊從考場走出來。

唐書瑤一家人向前衝去，一把接住唐文昊。唐文昊瞧著臉色蒼白，但是眼睛還是有神的，只是在裡面待了九日有些虛脫。

唐文昊看著家人說道：「我沒事，你們不要擔心。」

馬氏打斷道：「別說話了，趕緊上馬車回府再說。」

一家人回到府裡，便見著太子殿下在府上等候多時，景奕宸看著唐書瑤解釋道：「我請宮裡的太醫幫文昊診一下脈、看看身體，再讓他去休息。」

馬氏一臉感激地說道：「多謝太子殿下。」

唐書瑤也感激地看著他，知道他的心意，他們也沒有推辭。

在太醫看過唐文昊的身體後，說唐文昊只是身子有一些虛弱，並無大礙，唐禮義和馬氏終是放下心來。

這幾日在府裡常常聽說有考生在考場上，因為緊張過度導致身子不適，但因為不能及時就醫，人最後在裡面沒了。

聽到這樣的消息，唐禮義和馬氏的心就像是被架在火上烤著一般焦灼擔憂，如今聽到太醫的話，他們徹底放下心來，對於太子殿下也是感激不盡。

想到女兒能嫁給太子殿下這樣的人，心裡也安慰了不少。

此時距離太子和太子妃的大婚不足十日，因為婚期將近，景奕宸也不便多留在這裡，給唐文昊診過脈後，他便離開了。

夜晚，唐書瑤站在院子裡，隨著婚期將近，她的心緒也變得有些混亂，經常胡思亂想，加上最近總是聽到瑞王府的傳聞，想到瑞王後院這麼精彩，都是因為有兩個女人在鬥法。

這也讓她對於嫁給奕宸一事心裡變得不確定了，她知道是她多慮了，可是卻莫名心情很煩躁，無法冷靜下來思考。

「在想什麼？」

唐書瑤聽到聲音，順著聲音望去，見奕宸坐在牆頭上望著她。她有些驚訝，走到牆邊問道：「你怎麼來了？還是以這種方式？」說著指了指牆問道。

她是真的沒有想到，堂堂的太子殿下竟然晚上翻牆進自己的府裡！

「唉！」景奕宸嘆了一口氣，隨後從牆上跳下來。「想妳，便來看看妳！」

「你可是堂堂的太子殿下，若是此事傳出去世人怎麼看你？」

景奕宸將腦袋靠在唐書瑤的肩上，壓低聲音說：「太子殿下又如何，別人怎麼看我我不在意，我只在意瑤兒，今日過來看妳時，妳心情不是很好，是因為擔心文昊嗎？」

唐書瑤猶豫了一瞬，搖了搖頭。

感受到唐書瑤否認，他直起身子問道：「那是怎麼了？怎麼心情不好？」

唐書瑤抬頭看著他說道：「或許是婚期快到了，想到以後自己不能經常回來，擔心爹娘，所以就……」

感受到唐書瑤的顧慮，景奕宸輕輕擁住對方，下巴蹭著她的額頭，低語道：「以後我們成婚了，妳想念爹娘，我就陪妳來唐府，妳若是在宮裡待著無聊，我就陪妳出宮玩，妳想去哪裡，我便陪妳去哪裡，妳想做任何事，我都會陪妳一起做。」

唐書瑤挑起眉道：「這麼隨興的嗎？」

「自然，瑤兒成婚之前擁有的，成婚之後也不會少。」

「那我豈不是要被朝中大臣攻訐死？」

「不會，我不會讓瑤兒受到攻訐，相信我。」

唐書瑤不禁笑了，然後在心裡默道：我信你！

第四十九章

天還未亮，唐書瑤就被吵醒，今日是她的大婚之日，娘親一直在為她忙前忙後，待日頭升起，府裡來了很多的人，一些在宴會上相識的官家小姐都來為她添妝。

她心裡明白，這些人是為了她的身分而來，並不是跟她私交多好。

從清晨開始洗澡、梳妝、換衣服，一套流程下來，她只感覺自己像個木偶，聽話地讓人擺弄，心裡無數種想法飄過，只覺得時間過得格外慢。

瞧著銅鏡中的自己，她想到前幾日景奕宸夜裡翻牆找她的那一刻，原本她的心很煩躁不安，但是見到他後，她的不安都消散了，對於今日也是格外期待。

屋子裡的人越來越多，滿屋的人都說著喜慶的話，此時蘇荷跑進屋來，親切地說道：「幸好我沒來晚，快讓我瞧瞧，未來太子妃可真是美若天仙，都快把我迷死了！」

唐書瑤沒忍住，噗哧一聲笑了出來，自從那一次的宴會過後，蘇荷經常來她府裡找她玩耍，她們也漸漸成了真正的好朋友。

她看著蘇荷說道：「來得這麼晚，是為了給我準備特別的添妝嗎？」

「唉，某人都是太子妃了，居然還惦記我的東西，真是小氣哦！」

「莫不是妳沒準備？」

「那哪能啊！」蘇荷一翻白眼說道：「好了，好了，不逗妳了。喏，這是我給妳的添妝，祝妳和太子殿下百年好合，永結同心！」

唐書瑤笑道：「多謝妳的吉言。」說完打開了首飾盒，只見裡面躺著一根紅寶石牡丹簪子。

在這裡紅寶石稀有且昂貴，尋常很難見到，沒想到蘇荷送自己的竟是紅寶石做的簪子。

周圍的人見到蘇荷送的添妝，情不自禁地發出一聲感嘆，這小小的一根簪子價值十萬兩銀子。

「很好看，很漂亮，我很喜歡，謝謝妳蘇荷。」唐書瑤真誠地說道。

蘇荷嘴角彎了彎。「只要妳開心就好。」

就在此時外面突然變得熱鬧起來，過了一會兒，便有宮裡的侍衛抬著幾個箱子向唐書瑤的院子走去。

此時大夥兒才知道，原來是當今陛下給唐書瑤添妝了，這讓在場的所有人感到震驚，可轉念想到唐書瑤可是陛下親封的太子妃，便不再詫異了。

只是眾人心裡也明白，唐書瑤這太子妃的身分，陛下是滿意的。

隨著吉時快到，門口也傳來了太子殿下到唐府的消息，唐文昊走進妹妹的屋裡，他眼眶微微濕潤，心裡自是不捨，馬氏見此也側過身子悄悄拿著帕子擦了擦眼角。

唐書瑤見此瞬間濕了眼眶，馬氏趕緊說道：「大喜的日子，莫要哭，這妝還在呢。」說著又推了一下唐文昊。「要是讓你妹妹掉眼淚了，我可不會放過你！」

「娘，我知道了。」他走到妹妹跟前，感嘆道：「一晃眼妳都到了嫁人的年紀，哥哥還有些難以相信時間會過得這麼快，我們家書瑤，很美。」

「大哥……」

唐文昊打斷了妹妹的話。「好了，妳要是哭了，娘可不會放過我，今日大哥揹著妳出府，以後有事也要記得，唐家有大哥在，大哥也是妳的後盾，不管怎樣，大哥永遠歡迎妳回來。」

「好，瑤兒一定記住。」

說完她被蓋上了紅蓋頭，被哥哥揹著出了府，一路上熱熱鬧鬧，她只能看到哥哥寬厚的肩膀，一如當年大哥教她習字的模樣。

人群中的裴嘉哲望著唐書瑤的身影，神情麻木。他終究沒能提起勇氣尋她，當面問問對方為何不等自己，思及過往，他從未向她承諾什麼，他也從不是她的誰。

唐文昊的步子挪得很慢，即便再慢，也終是走到了大門前。景奕宸看見他的新娘，立刻下馬走到唐文昊面前想要接過唐書瑤，唐文昊下意識側了一下身。

景奕宸認真地看著他說道：「大哥，相信我，我會守護好瑤兒。」

唐文昊定定地看著太子殿下，在周圍議論聲響起的時候，才將妹妹交到他的手上。

圍觀的百姓驚呼，太子殿下竟然抱著未來的太子妃上了馬車。看來傳聞是真的，太子殿下是真的喜歡太子妃啊！只是可惜他們沒能看到太子妃的模樣。

隨著馬車繞著京城行駛，後面跟著她的八百抬嫁妝，這裡面有一半是景奕宸送她的聘禮，爹娘讓她原封不動地帶回去。

京城百姓震驚於未來太子妃的財力，不過想到前幾日太子殿下送的幾百抬聘禮，心下的震撼多多少少減了一些。

大婚儀式在宣政殿舉行，因此能參加儀式的都是朝中大臣以及他們的家屬。轎子一直抬到了宣政殿門前，但是進殿之前，有一百層臺階。接著，大臣們就親眼看著他們的太子殿下抱著太子妃走上了臺階。

「這……」

眾大臣面面相覷，又瞧瞧坐在龍椅上的陛下沒有任何反應，只能當作沒看見。

待太子殿下和太子妃到了宣政殿，欽天監史大人宣道：「太子成婚典禮開始，請太子殿下和太子妃站好，一拜天地！」

儀式舉行完畢，唐書瑤牽著景奕宸的手進了太子東宮，待他掀了蓋頭，喝過合巹酒之後，便讓屋子裡的下人都退下。

唐書瑤問道：「你不用出去敬酒嗎？」

「誰敢讓太子殿下敬酒？」景奕宸笑道。

「那……」

景奕宸湊近她的臉，鼻尖貼著她的鼻尖，問道：「瑤兒有什麼疑問？為夫一一為瑤兒解答。」

「咳。」唐書瑤假裝咳嗽，身子向後退了一下。

景奕宸看著他的妻子害羞了，眼裡的笑意越來越深，沒有戳穿對方的小心思，反而深深地看著她。

或許對於他來說，重要的從來都不是什麼洞房花燭夜，而是他的瑤兒會永遠陪伴在他的身邊，他睡著的時候可以抱著瑤兒，睜開眼便能看到她，和她一起用膳，她也可以陪著他在書房處理公事。

所有的事情都不再是他一個人，而是有他心愛的人陪著，而這種陪伴不會隨著時間的逝去而消失。

想到這裡他的心都充滿了暖意。

他伸手為她拿下頭上厚重的髮飾，給她揉一揉肩膀，看著她靠在他懷裡享受愜意，即便是這樣的小事，他也覺得是美好的。

此時宮裡的宴會上，眾大臣還在等著太子殿下出來說幾句話，結果等到菜都涼了，也沒見太子殿下出來，一個太監急匆匆跑來向黃公公搖了搖頭，隨後黃公公又在陛下耳邊耳語幾句。

皇帝笑了笑，看著底下的大臣們說道：「今日太子大婚，眾愛卿的心意朕都知道了，宴會現在開始吧。」

聽了陛下的話，眾大臣心裡明白，太子殿下這是不會出來了，對於太子殿下對於太子妃的在意程度，讓他們心裡有了更加明確的認知。

這一夜，裴嘉哲在府裡喝了一夜的酒，越喝越清醒，越清醒、越難過。

瑞王也在書房待了整整一夜。

而遠在邊疆的唐文博，也望著月亮一夜未睡，自從傳來太子和太子妃的事情，他便在心裡算著大婚的日子，心裡遺憾著沒能趕在姊姊大喜的日子回去。

另一邊已嫁作人婦的唐書琪、唐書夏、唐書蘭三姊妹，因為唐書瑤是太子妃的關係，在夫家備受寵愛。

唐書琪想得明白，對於這個三房的妹妹唐書瑤是感激的。

而唐書夏心裡則是不甘心，當年太子殿下居然在她們身邊，她卻沒有機會搶走，否則今日成為太子妃的人就是她了。

唐書蘭則是有些想念唐書瑤這個堂妹了。

東宮殿內，案上的紅燭在燃燒，床榻在晃動，守夜的宮女早已羞紅了臉色，一旁的修顏卻神色不變，雙手合抱著劍，閉目養神，其他的宮女們見此更加羞愧，卻很快又打起精神。

一夜纏綿，唐書瑤早就累得昏了過去，景奕宸抱著她沖洗身體，擁她入睡。

翌日一早，陽光照進殿裡，他伸手擋住照在她臉上的陽光，目光一直盯著她，直到她醒來。

迷迷糊糊醒來，看到眼前的景奕宸，唐書瑤臉色一紅。

見到唐書瑤的反應，景奕宸眼色深了深，聲音沙啞道：「瑤兒滿意為夫昨夜的表現嗎？」

「說什麼呢！」她嗔怪道，腳踢了踢對方的腿。第一句話就如此……她還很不適應呢。

聽著唐書瑤依舊有些虛弱的聲音，景奕宸壓下內心的想法，關切道：「瑤兒，該起床吃早膳了。」說著伸手放在她的肚子上戳了戳。

唐書瑤向後一躲。「怪癢的。」

他笑笑，起身迅速穿好自己的衣服，又打開唐書瑤的衣箱問道：「今日瑤兒要穿什麼？」

「紅色的吧！穿喜慶一些。」

「好。」

他為她穿好衣服，便伸手抱起她坐到椅子上。

「你也不能一直抱著我吧？梳洗總得讓我自己來。」

「一直抱著有何不可？」

唐書瑤之前和他說過，他們的閨房不想讓外人踏足，所以穿衣梳洗這些事都是他們自己來，因為小時候曾被親近的人謀害過，所以景奕宸自那時候起便一直一個人打理自己。

現在他只想親手照顧瑤兒。

「太子妃，唐公子他高中會元了！」

「真的？」唐書瑤激動地站起來問，見修顏認真地點了點頭，她露出笑容。

大哥果然是最優秀的！

隨後唐書瑤便換上衣服，帶著幾個宮女出宮去了唐府，大婚後景奕宸就給了她出宮令牌，今日他有政事在忙，她等不及，便自己回府了。

此時的唐府歡笑聲不斷，見太子妃回來，更是高興。

如今這一屆優秀的考生，自然屬唐文昊最受矚目，一來他四元及第，就差最後這殿試，而殿試的成績估計也不能出了二甲，二來他還是太子妃的大哥，日後官途必定順遂。

對於這樣一個樣貌俊逸的好苗子，京城有不少人家想要榜下捉婿。

唐書瑤剛一回府，便看到很多不認識的人在，略一打聽才知，原來是為了大哥的婚事，而娘親嘴角的笑容這一日都沒有落下。

唐書瑤和唐文昊走到後院，看著又瘦了一圈的大哥，她不由得心疼道：「哥哥也快熬出頭了，日後可要多補補，瞧瞧這瘦的，這風一吹呀，我都擔心將哥哥吹跑了。」

唐文昊笑笑。「小妹怕不是忘了大哥揹妳出嫁的那日了？再如何大哥也能揹得動妳。」

唐書瑤噎了噎，半晌道：「大哥還是要多注意身體呀！」

「好，我知道了。」

猶豫了半晌，唐書瑤最後說：「大哥，這次殿試會推遲幾日。」

「怎麼？」唐文昊皺了一下眉頭問道。

「奕宸要登基了，父皇他希望這次的殿試，是奕宸來主持，這樣這次的考生日後會成為奕宸的近臣，不過不會耽誤太久，大哥不要擔心。」

唐文昊聽後點了點頭。
待唐書瑤回到宮裡的時候，景奕宸早已在殿裡等候多時。
「今日的政事都忙完了？」唐書瑤走進殿裡問道。
景奕宸起身攬過唐書瑤。「戶部清算完今年的帳，江南那邊遞上來摺子說要修葺護城河……邊疆那邊最近不太平。」
「邊疆？」唐書瑤打斷道。
景奕宸想起來唐書瑤的弟弟在邊疆，恍然道：「最近遞上來的摺子都提了一下，我看看糧倉能調動多少。」
知道邊疆的消息，她心裡惦記著小弟的情況，之前從修末傳回來的書信裡得知，文博他在軍隊裡擔任百夫長，能在這麼短的時間內升到這樣的職位，也是靠著他的拚命。
聽到這樣的消息，她心裡很是難受，也曾傳書信給弟弟，讓他回來，可是那小子就是鐵了心不聽勸，不回她書信不說，更是堅決在軍隊裡待著。如今聽到邊疆有異動的消息，她心裡七上八下，生怕聽到小弟不好的消息。
「別擔心，我會安排好糧草，也會安排好軍隊，一切有我在。」夜裡，感受到唐書瑤沒睡安穩，知道她的憂慮，他拍著她的後背安慰道。

清晨起來，唐書瑤便感受暖暖的陽光照進殿裡，她揚了揚嘴角，今日是個好日子，也是奕宸的登基大典。

在他們成婚後，父皇便下旨退位休養，讓景奕宸登基，一個月的時間過去，今日便是景奕宸的登基大典。她為他親手穿上龍袍，看著他的眉眼間似乎變得不一樣，比以前多了一絲威嚴。

「這麼看著我，可是我臉上有東西嗎？」景奕宸湊近唐書瑤的臉問道。

她搖搖頭。「皇上變得更好看了。」

他戳了戳她的額頭，語氣有些凶，但神色溫柔地說道：「瑤兒，要記住了，以後要叫我奕宸，其他人都喊我皇上，只許妳叫名字，這世上只有妳可以喊我的名字。」

唐書瑤點點頭。

其實她早就注意到了，奕宸跟她說話時，從來都是用我，跟其他人說話都是用本宮自稱，只是今日他登基了，成為皇上，她就直接改了稱呼，沒想到他第一時間就發現了。

這個男人真的是時刻在意著細節，也讓她越來越愛他的細心。

第五十章

快到吉時，唐書瑤和景奕宸一起出了東宮。

文武百官都已到了宣政殿，宣政殿走下來的這一百層臺階，兩邊站滿了侍衛，他們二人坐著步輦到了臺階下。

鼓聲響起，莊嚴而肅穆，景奕宸牽著唐書瑤的手一起走上了宣政殿。

因為景奕宸說過，他的登基大典就是封后大典，所以這一次眾大臣沒有再驚訝。

皇后的鳳袍很長，紅色的底紋，鑲著金黃色鳳凰的式樣，頭上還有一頂金子打造的鳳冠，很重也很美。

而皇上的龍袍則是黑色的底紋，上面有金黃色龍的式樣，陽光照在他們的身上，金黃色的絲線晃動，好像上面的龍鳳在飛翔。

他們踏著光走進殿裡，一步一步走向了龍椅，這是眾大臣第一次見到唐書瑤，對於這個傳聞中的太子妃，見到以後內心多少有一些震撼。

登基大典隆重又漫長，不僅在宣政殿宣讀太上皇的祝福聖旨，還要去寺廟祭拜先祖皇帝。

待一切結束回到宮殿時，唐書瑤明顯感覺到她的脖子已經麻木了。

因為太上皇之前妃子的宮殿需要遷移，包括太后的宮殿，都需要重新打掃，所以他們還是住在太子東宮，待太上皇和他的妃子們搬走後，他們再搬進去。

即便是搬進去，景奕宸也會讓唐書瑤和他同住一間宮殿。他希望他們和民間的百姓一般，同住一個宮殿，而不是分開住。

知道唐書瑤還要洗澡，景奕宸便獨自一人出來，走到他大哥景天祺的宮殿內，待殿裡下人都出去後，他看著躺在床上的大哥，低聲道：「朕今日登基，一切塵埃落定，大哥也該醒了。」

定定地看著大哥半晌，他便離開了屋子。

門關上的那一刻，外界傳言中毒昏迷不醒的前太子睜開了眼睛，直直地望向門口，嘴角勾了勾，神色很是輕鬆。

唐書瑤成婚後在皇宮裡過得很舒心，每日除了陪著景奕宸上朝之外，便是看書，學習彈琴。這些是最近她感興趣的東西，教導她琴藝的師傅也誇讚她有天賦。

自她成婚第一次給太后問安後，景奕宸便下旨說太后重病，需要靜養，所以他們都不能打擾她。

因此她不用每日給太后行禮問安，平日也不用招待其他的妃子。

日子過得愜意，她似乎圓潤了一些，看著鏡子中的自己，她皺著眉頭捏了捏臉蛋，肉乎乎的，明顯比之前胖了一些。

「瑤兒皺著眉頭在苦惱何事？」走進宮殿的景奕宸見唐書瑤不開心的模樣，從她身後抱著她問道。

「都怪你，我最近胖了不少。」她嘟著嘴，語氣低落道。

「嗯，抱著舒服多了。」說著眼睛落到她的胸前。

唐書瑤不開心地抬起頭，見某人的眼神盯著她，抬手擋住他的眼睛，羞斥道：「色胚子！」

景奕宸嘴角彎了彎，這大概是他成婚後最喜歡做的事情，挨罵便挨罵吧，誰讓他忍不住呢？

很快，宮殿裡傳出少兒不宜的聲音來，月亮也羞紅了臉，躲在雲層裡。

此時的長安街人來人往，熱熱鬧鬧，今日可是大日子，是當今天子第一次主持殿試的日子，候考的考生，還有陪行的家人，也有看熱鬧的百姓們。

天氣越來越熱，百姓們也更喜歡出來瞧熱鬧。看見這次的會元唐公子，百姓們聊得更來勁了，畢竟當今天子寵愛皇后，那可是有名的。

「據說陛下怕皇后娘娘早上被吵醒，都是輕手輕腳地走出宮殿。」

「真的？」

「那還有假？我哥哥的表弟的姪女的女兒在宮裡當差，這次有幸被分到皇后宮中，她親口說的，咱們陛下特別寵愛皇后娘娘咧！」

酒樓裡的百姓們熱火朝天地說著八卦，此時的唐文昊跟著其他考生一同走進了皇宮。

殿試一共兩個時辰，除了答題之外，最重要的還是心態，畢竟就在皇帝面前，若是心態不穩，導致狀態不好，也會影響在皇帝眼裡的印象。

唐文昊一走進大殿，便感受周圍人的打量，他知道因為妹妹的原因，所以這次的殿試也備受關注，他在心裡默默給自己打氣，深呼吸，抬頭挺胸走到自己的座位上。

景奕宸看著唐文昊的表現，彎了彎嘴角。

昨夜瑤兒又累得昏了過去，今早還沒有醒，若是知道自己錯過了來看大哥的考試，恐怕會氣得打他……

想到這裡他心虛地摸了摸鼻子，心思又回到今日的學子上。

底下監考的大臣們看到皇上看著唐公子露出笑容，心裡明白這次的狀元人選不會有別人了，幾個大臣互相對視一眼，均明白彼此的意思。

待考生離場，大臣們開始批閱試卷，此時唐書瑤也趕到了殿前，她看著大哥在裡面休息，讓人給大哥準備了一些點心，怕自己此時過去會有影響，便沒有親自走過去。

待大臣們批閱後，將試卷呈給陛下。

很快名單出現，一甲三人，狀元唐文昊，賜進士及第；榜眼夏侯聰，工部尚書嫡次子，賜進士及第；探花蘇賀，禮部尚書嫡長子，賜進士及第。

二甲有一百名，賜進士出身；三甲有八十名，賜同進士出身。

聽到大哥被賜狀元的消息，唐書瑤露出笑容，下令封賞宮內婢女每人賞錢一兩。

最近京城最熱鬧的八卦就是狀元郎唐文昊，畢竟他年少成名，今年僅十八歲便六元及第，考中狀元。

往年百姓們最喜歡的則是探花郎，一來有個不成文的規定，那就是探花是一甲三人中最年輕、最英俊的人，二來探花年紀最小，也是最有可能沒有訂親的人，因此百姓們對於探花郎格外關心。

不過這一次不一樣，不僅狀元郎年紀輕輕，就連榜眼和探花也才二十左右，那一日狀元遊街，可真是令人難忘。

唐文昊的官職並沒有因為他妹妹的原因而優待，而是按照往常一樣被封為從六品翰林院修撰，不過他一進入翰林院便備受討好，畢竟人人都知道當今陛下寵愛皇后，且前不久還在朝中推辭了大臣提出的選秀。

午時的溫度越來越熱，碼頭上勞作的工人也耐不住熱意濕了衣衫，而塞外更是高溫難耐，草原上的百姓看著地裡無所出，紛紛愁白了頭髮。

百姓沒有收成，國庫的糧食也日漸減少，成王聽著手下攻打中原的建議，又想著今年子民們沒有糧食可吃，猶豫不決的心終是堅定下來，進攻中原！

「報！」

「將軍，土爾扈特人越界了！」

由土爾扈特族人越界闖入中原開始，安國與土爾扈特維持了長達四年之久的作戰。

這四年裡，唐書瑤數次前去邊疆想要將弟弟帶回家裡，奈何唐文博不聽勸，死活不回來，雖然在戰場上時有受傷，但成長得很快，且官職也升得快。

每每聽到邊疆傳來的消息，唐書瑤夜裡都會睡不好，因為擔心弟弟整個人整整瘦了一圈，原本在宮裡養得圓潤了一些，結果這幾年瘦得下巴尖了許多。

看到唐書瑤如今的模樣，景奕宸很是心疼，不斷地支援軍隊，這也是安國這幾年作戰中，多數為勝的重要原因。

軍隊的士兵吃得好、穿得暖，自然打仗有力氣，軍中士氣旺盛，作戰所向披靡。

最近一年來，唐文博和范子爵被土爾扈特人稱為中原的兩匹狼，因為這兩人上戰場後，一個不要命地打，下手又快又狠；一個臉上帶笑，下手卻是又準又毒。

且這二人極其聰明，每次都是帶著少數人來攻他們，還每次都是以少勝多，這也讓土爾扈特人對於二人恨得牙癢癢。

此時營帳中，被土爾扈特人恨得牙癢癢的兩個人在下棋，范子爵落下一子。「皇后娘娘特意叮囑微臣要照顧你，小博，你瞧，在下這照顧你可滿意？」

唐文博抖了抖胳膊，身上起的雞皮疙瘩讓他嫌棄。「好好說話，你噁心到我了。」

范子爵一邊調侃、一邊假裝掩面而泣道：「小博真是太傷我心了。」

「范子爵！我看你這是被蘇小姐打擊到了，最近變得這麼不正經！」

范子爵咳了咳，正經道：「唉！這仗快結束了，我還不知道回京要怎麼面對……」

「我看你就是膽小鬼，都這麼大歲數的人，還不成婚，拖著蘇府小姐在京城裡被人嘲笑，你對得起人家嗎？」

說到這裡范子爵眼神暗了暗，自三年前他和蘇荷訂婚後，因為那件事梗在他心裡，他一直無法釋懷。他不敢問蘇荷看著皇后娘娘的眼神代表什麼，更不知道怎麼面對她，可他也放不下蘇荷，所以他非常糾結痛苦。

進退兩難，他只能選擇逃避，那時邊疆戰況危急，七皇子登基剛剛一年，對於軍隊這一塊是個短板，他是皇上唯一信得過的朋友，便來了邊疆。

這一來便是三年，如今他和蘇荷都已二十，因為他來邊疆的原因一直沒能成婚，他知道她在京城被說了不少閒話，所幸有他倆的親事在，旁人終是不好說得太過分。

可是他們即將攻破土爾扈特人的城都，這一場戰事也快結束，那時他們大軍回京，對於蘇荷，他不知道該用什麼方式再逃避。

二十還未成婚的人，在京城恐怕只有他一人了。

在成功攻破土爾扈特人城都，捉住了成王等一眾王族後，大軍順利班師回朝。

京城的百姓們熱烈歡呼，在主城街兩邊排隊等候，騎在馬上的將軍們也咧開了嘴角，這大概是功成名就的感受吧，所有人望著你，為你歡呼雀躍，你在他們的眼裡就是英雄。

范子爵嘴角一直噙著笑容，當他看到酒樓窗邊的蘇荷時，眼神暗了暗，終於看著對方點點頭，才繼續向前走去。

蘇荷見他點頭，明白他的意思，眼眶瞬間沁著淚水。

這三年她曾偷偷跑去邊疆看他，只是對方卻義正辭嚴地派人將自己送回京城，並且傳話告誡她不許再去邊疆，連面都見不著，她無奈只得老老實實待在府裡，日日夜夜盼著他。

每當別人問起范大人有沒有給她傳過書信，她都假裝羞怯低下了頭，別人都以為她是在害羞，其實是她不知如何解釋她沒有收到書信，畢竟范大人可是她的未婚夫啊！

可事實上，她寄過去的信也總是石沈大海，杳無音訊。如今，他回來了，而且他沒有再逃避她，她等了這個男人三年的時間，想要解釋的話也憋了三年。畢竟事情牽扯到了皇后，即使是誤會，但想到當今的手段，她實在沒勇氣在信中說清楚。

終於，她等到了撥雲見日的一天。

皇上與皇后攜百官在皇宮門前迎接勝利歸來的大軍，唐書瑤看著風風光光回來的弟弟，臉上露出了笑容。

此次大軍回歸，皇上也痛快地下了封賞。

李如海將軍升為一品武安侯，賜一萬兩黃金。

唐文博左副將升為二品鎮國將軍，管八萬士兵，賜五千兩黃金。

范子爵指揮使升為二品護國將軍，管十萬士兵，賜五千兩黃金。

宋憲民右副將升為二品京城巡撫統領，管兩萬精兵，賜五千兩黃金。

如今皇后娘娘，文有親哥哥唐文昊任從二品翰林院掌院學士，武有親弟弟唐文博任正二品鎮國將軍，統領八萬士兵，且後宮只有皇后一人，這讓朝中大臣不得不憂心忡忡，生怕這天下有朝一日改朝換姓。

一些老臣來到太上皇這裡請旨，請太上皇出來做主。

太上皇看著底下跪著的老臣，待他們說完後，他淡淡地說道：「沒想到那丫頭會成長到這種地步！」

老臣們一聽，以為太上皇這是贊同他們的說法，決定制止皇上，沒想到太上皇接下來一句話打破了他們的幻想。

「朕老了，這江山既然已交到奕宸的手上，那就是他該負責的事。」

隨後太上皇便閉上眼睛，不再出聲，任憑這些老臣說破了嘴皮也沒有反應。

得到消息的唐書瑤笑了笑，那些老頑固總是看不慣她，畢竟皇上因為她從不選秀，這些老臣們府上年輕的姑娘可都是到了年紀，遲遲沒能訂親，就是為了等著選秀入宮。

誰知道這一等就是好幾年，眼看著再等下去就過了年齡，最後不得不放棄，但因為年輕優秀的公子早被別人挑走，不是有了正室，要不就是有了孩子，這也讓他們挑選夫婿的時候，只能選一些不是很優秀的。

這也是老臣們對她頗有怨言的原因。

唐書瑤看著枕邊的人，這幾年來容貌一直未變，依然那麼英俊，每晚她最喜歡的事情便是數他的睫毛，想到不久前得來的消息，她問道：「奕宸，那些老臣去了父皇……」

景奕宸睜開眼睛，摟著唐書瑤的手緊了緊，說道：「最近日子正好，也該好事成雙，明日早朝我給那些大臣府上未嫁的姑娘許配婚事，為了辦婚事他們也該忙碌一陣子。」

她笑著捶了他一下。「你這樣賜下婚事，豈不是毀了他們想要做國丈的心了？」

景奕宸翻了個身，看著唐書瑤說道：「之前忍了這麼多年，也是希望他們自己能認清楚，現在朝中權力已經收攏，我不想再忍了，最重要的是不想瑤兒受委屈。他們天天念叨念叨，我便絕了他們這心思。」

唐書瑤看著他，頭埋進對方懷裡，嘴角露出笑容，這個人總是寵著她，一如當初。

番外

唐書瑤有一種直覺，她知道此時的自己是在夢中，但她卻醒不過來，這感受讓她心裡有一絲詭異。

周圍很黑，伸手看不見五指，她什麼都看不到，不知該如何脫離這種狀態。她下意識地向前跑去，不知跑了多久，終於她見到了光明。

一陣強光結束，此時她看到的地方是她剛剛穿越來的家裡，她看到大哥、小弟、爹娘，還有她自己。

她看著夢中的「她」向著她笑了笑，她沒有害怕，只是感覺很熟悉。

她看著夢中的「她」因為貪玩受了涼而生病躺在病床上，因為病痛折磨痛苦著，最後沒撐住離世。

畫面一轉，她又看到原主被帶到了陰間，她感受到周圍陰森森的涼氣，即便是在夢中也能感受到，她看著原主被陰兵帶去了審判堂。

審判堂很吵，周圍的大人們對著原主指指點點，只是此時原主的氣質和以前的原主不一樣了，若說生前的原主是天真沒有防備心的，而死後的原主卻是有些深沈，像是歷經滄桑。

唐書瑤從這些吵雜的聲音中聽到一句。「又是這個女人！她怎麼又是不到壽數就死了？這可真是麻煩！」

一開始她沒有聽明白，後來慢慢地她聽懂了，原來原主前三世都是夭折而死，而生死簿上的原主根本沒有到壽數，卻因為種種原因導致離世，這對於原主來說是不公平的，所以原主有了一個補償。

聽到這裡的時候，唐書瑤心裡很是高興，畢竟她來到這裡也是因為原主，如今原主能有補償，那是再好不過的事了。

緊接著，唐書瑤繼續看到，審判堂上坐在最高位的大人允許原主提出一個補償，原主看了一下她前世的情況。

第一世，原主是一位七品官的嫡次女，在家中不算受寵，因為有一個比她優秀很多倍的嫡長女，而原主是在及笄不久後，在宴會上落水而亡。

她看到原主死後，有人發現害死原主的凶手是她的嫡長姊，而這件事導致他們家衰敗。

第二世，原主生在一個重男輕女的人家，原主從一出生起便被娘親賣了出去，因為女嬰沒有人買，最後被活活餓死。

第三世，原主出生在現代富貴家庭，但是爸媽是家族聯姻，婚後各玩各的，對待原主也只知道給錢。所以原主也不喜自己的爸媽，有一次她跟朋友出去喝酒，酒後駕駛出了車禍。

看完原主前三世的生活，唐書瑤莫名有些心疼原主。

接著她又看到這一世的情況，是原主死後，她沒有穿越到這裡，唐家後面的發展。

因為沒有錢給原主治病，導致原主離世，馬氏整個人瘋了，她瘋狂地詛咒著唐家人，最後唐家的人都受不了，老太太命令自己的兒子唐禮義休了馬氏，可是唐禮義不同意。

最後，大房王氏提出分家，分家的理由除了長孫成婚外，再就是馬氏瘋了，老爺子和老太太也同意了分家。

因為馬氏時而正常，時而瘋癲，唐禮義、唐文昊和唐文博都在照顧馬氏，唐文博也因此變得乖巧懂事，可惜他們一家人因為沒有錢，加上還要擠出錢來給馬氏買藥，最後都吃不飽飯。

沒過幾年，唐禮義因為跟人上山學打獵而摔下了山，自此家裡的重擔都落在了唐文昊和唐文博兩兄弟身上。

為了照顧娘親，唐文昊和唐文博一直沒能娶親。不僅家裡窮得揭不開鍋，外面的人家也不想把女兒嫁給他們受苦。

看到這裡唐書瑤的心裡很不是滋味。

或許是跟前三世的家人做了比較，原主格外心疼這一世的家人，她說道：「我想要的補償就是回去。」

「這可不行哦！」上面的大人淡淡地說道，接著他又說道：「這樣吧，如果妳能在那個世界活到成年，那我便讓妳回去。」

「好！」

隨著原主的聲音落下，唐書瑤看到原主去了她生活的前世，末世。

看著原主生活的情況，居然跟自己前世一模一樣。

原主，就是她自己！

得出這個結論的時候，唐書瑤瞪大了眼睛，不可置信地捂住嘴，此時坐在上首的大人直直地看向她，嘴角噙著一抹笑容，似是告訴她，祂已經履行了約定。唐書瑤被這眼神驚出了冷汗。

與此同時，景奕宸焦急地喊著。「瑤兒、瑤兒？瑤兒！妳醒醒！」

唐書瑤瞬間睜開眼睛，眼睛裡還是驚恐的模樣。

景奕宸看到唐書瑤醒來，激動地抱著她，同時輕輕地拍著她的後背。「瑤兒，妳知不知道妳嚇死我了，妳半夜突然發燒，我傳太醫給妳看，太醫居然把不到妳的脈搏，若不是我一絲理智尚存，這些太醫的腦袋都不能留了……」

唐書瑤漸漸回過神來，耳邊聽著景奕宸的聲音，思緒漸漸回籠。「我沒事，別擔心，我就是作了一個噩夢而已。」

聽到唐書瑤說她作了噩夢，景奕宸輕柔地哄著她道：「瑤兒莫怕，以後作了噩夢，就在夢裡喊我的名字，我幫妳將噩夢趕跑！」

唐書瑤退出景奕宸的懷裡，看著他笑了笑。「一會兒我想回唐府一趟。」

「好，我陪妳。」

「嗯。」

唐書瑤看著身邊的這個人。

前世，前太子殿下也是中毒昏迷，不過那是假裝昏迷，為了讓奕宸做太子登上皇位，可是奕宸並不想，最後這件事被皇后發現，前太子假裝昏迷的事情被戳破，最後只能硬著頭皮登基。

但是前太子殿下不知道的是，奕宸在調查這件事的時候，卻中了毒，等到發現的時候已經來不及了，最後在他十七歲的時候撐不住離開了人間。

想到這裡唐書瑤嚇了一跳，不過想到此時他們早已過了年齡，如今已經二十一歲，恐怕那件事並沒有發生。

只是她還是有些擔心他的身體，總是想著法子叫太醫給他診脈，但是診脈的結果都是陛下龍體安康。

景奕宸看著唐書瑤打趣道：「我的身體好不好，瑤兒還不知道嗎？」

唐書瑤還在心裡想著是自己多心了，結果抬頭便看到景奕宸的眼神晦暗，她不自在地向後退了退，最終還是沒能逃過被某人翻來覆去折騰的結果。

這一世，唐書瑤很幸福，她有一心一意只愛她寵她的景奕宸，還有陪伴她、守護她的家人。

爹娘都活到了七十多歲，兩人手牽手一起離世。

而唐文昊在做官沒多久，便遇上一個喜歡的女子，那女子是大哥上級府上的嫡女，因為和她娘親一起去找父親，而結識了大哥。

他們兩個像是一對冤家，開始的時候互相看不上眼，在後來的相處中有了感情，最後成婚有兩個可愛的女兒和一個淘氣的兒子。

唐文博在做了大將軍後，便開始四處瘋跑，最後帶回來一個江湖女子。那女子雖是江湖女子，卻是一個極其溫柔的人，唐文博每次看到那女子便規矩得不行，都不敢大聲說話。

他們唐府本就是平民出身，自然不在乎門第關係，後來唐文博成婚後，便整日待在家裡守著娘子，再也不亂跑了。

似乎弟妹的身體有些先天性不足，導致她性子平穩，也不能有身孕，不過爹娘並未在意，而唐文博也從未變心。

她的好友蘇荷在大軍班師回朝後，總算與范子爵說開那荒唐的誤會，兩人解開心結，共結連理，迎來幸福。

而唐書瑤在二十二歲這年，終於迎來了她的龍鳳胎寶寶，這也讓滿朝的文武大臣終於放下心來。

原來一直沒有身孕的原因，是之前景奕宸向太醫打聽，女子年齡小有孕對身體不好，也會有礙壽數，所以一直瞞著她，自己選擇吃避孕的湯藥。她得知此事後，是好氣又感到心暖，氣得是她在後宮為此事都快愁死了，沒想到原因竟然在他身上，可知道他的想法後她又實在無法怪他。

後來戰事終於結束，國家安定，百姓富足，他們也終於迎來了他們的骨肉。不過這兩個小傢伙好像格外黏她弟弟，而弟弟進宮也總是喜歡逗他們兩個玩。

唐書瑤看著身邊的人嘴角露出笑容，大概她終於活成了她理想中的模樣。

看著水鏡中的一幕，審判堂內，下首的一位大人看著上面的大人問道：「大人，您這補償未免有些太……」

「太多？」

「是，確實是太……」

話音一落，審判堂內變得鴉雀無聲，底下的大人面面相覷，而剛才出聲的那個大人冒了冷汗。

半晌，上首的大人淡淡地說道：「畢竟是兩個人的補償用在一個人身上。」

底下的大人不敢再接話，只是對此有些想不透。

明明是一個人，哪來的另一個人？

上首的大人嘴角一勾，心裡想著：確實有這樣的傻子，知道他未來的皇后會受很多苦，便甘願自己去承受十世孤獨之苦，換來那個女人平安度過末世，回到他的世界，真是叫人不得不同情啊！

——全書完

世間萬物，唯情不死／灩灩清泉

2022年5月出版

三流貴女拚轉運

文創風 1068～1069

她意外回到二十多年前，自己尚未出生，國公府尚未沒落的時候。
滿腦袋想的都是如何幫助家族趨吉避凶，希望家人都能平安順遂。
從來沒想過改變了身邊眾人的命運，自己的命運也隨之改變——
錯亂的時空，錯綜的緣分，牽扯太深，她又該怎麼抽身？

溫情動人小說專家／夏言

身為平安侯府嫡女的蘇宜思，爹疼娘寵，更是祖母的心頭寶，
本該天天吃飽睡好沒煩惱，等著出嫁就好。
偏偏他們家因聖寵不再，從一等國公府被降為三流侯府，
更慘的是，她初次進宮就闖下大禍，誤闖皇家禁區，
本以為會丟了小命，甚至連累家族，誰知道皇帝寬宥了她，
後來幾次召她進宮，就像個長輩一樣，有著莫名的親切感。
欸？看來皇上沒有眾人講的那麼討厭他們蘇家呀？
不明就裡的她一心想著有什麼方法，可以化解上一代的恩怨，
心懷鬱悶地一覺醒來，發現竟然回到二十多年前，
更巧遇年輕時的父親？! 不是啊，這許願未免也太過靈驗了吧！
生性樂天的蘇宜思很快收拾好恐慌的心情，既來之則安之，
她要趁著這時一切還來得及，靠著她的「先知」優勢，
展開轉運大作戰，拯救國公府榮光——

2022年5月出版

青梅一心要發家

文創風 1065～1067

穿到農村成了個小丫頭，還沒適應新生活，她就發現此地非比尋常——
村民個個身懷奇技，村外還有陣法保護，娘親舉手投足更不像個農婦；
她到底是穿來了個什麼地方？這裡還有多少秘密……

小小丫頭點樹成金，發家致富心想事成／連禪

穿來這個鄉間小農村，成了一個五歲丫頭，南溪欲哭無淚！
不但自己年紀小不能成事，又只有寡母相依，母女倆日子實在清苦；
幸好定居的桃花村是個寶地，與世隔絕又清靜，居民也彼此照顧，
只是住著住著，她怎麼覺得這個桃花村隱隱透著不尋常？
比如村長是個仙風道骨的中年道士，斯文瘦弱的秀才居然會打獵，
看來柔弱不能自理的小娘子卻會打鐵，還有瞎眼的大娘能用銀針射鳥！
而娘親能教她讀書，倒像是個世家小姐，又為何流落到這個荒山村落中？

2022年5月出版

箏服天下

文創風 1063～1064

失憶了那麼久，可得加快腳步彌補浪費的時間！
擁有各種先進的知識與源源不絕的「實用配方」，
就算是個肩不能挑、手不能提的弱女子，也能扭轉乾坤……

天馬行空敘事能手／**霜月**

靈魂穿進小說的故事對現代人來說並不稀奇，
不過當一切發生在自己身上，而且是以嬰兒的姿態從頭開始時，
說陸雲箏一點都不感到喪氣是騙人的。
幸虧冥冥之中有股神秘力量相助，只要好好運用，
日子不僅可以過得順順利利，搞不好還能成為稀世天才！
只可惜，一場巨變令她失去記憶，就這麼虛度十年光陰……
再次「醒來」，她已是皇帝謝長風獨寵的貴妃，
眼前非但充滿重重險阻，身邊更潛伏著各式各樣的黑暗勢力。
罷了，既然改變不了既定的事實，就看她出些鬼點子，
聯手親愛的夫君掃除障礙，開創太平盛世！

文創風 1084

分家後財源滾滾 下

國家圖書館出版品預行編目資料

分家後財源滾滾 / 圓小辰著. --
初版. -- 臺北市 : 狗屋出版社有限公司, 2022.07
冊 ; 公分. --（文創風 ; 1083-1084）
ISBN 978-986-509-343-3（下冊 : 平裝）. --

857.7　　111008733

著作者	圓小辰
編輯	林俐君
校對	沈毓萍
發行所	狗屋出版社有限公司
地址	台北市104中山區龍江路71巷15號1樓
電話	02-2776-5889～0
發行字號	局版台業字845號
法律顧問	蕭雄淋律師
總經銷	知遠文化事業有限公司
電話	02-2664-8800
初版	2022年7月
國際書碼	ISBN-13　978-986-509-343-3

本著作物由北京晉江原創網絡科技有限公司授權出版

定價260元

狗屋劃撥帳號：19001626

網址：love.doghouse.com.tw　E-mail：love@doghouse.com.tw